Émilie

La rencontre

ROMAN

Josiane Fortin

DE LA MÊME AUTRICE

ROMAN
Galdrik sur Oriflammes, 2013.
Tranches d'Italie, 2020
Brax, 2021
Leshi, 2021
Évat, 2021

LIVRES
Plan annuel en 5 étapes, 2015
587 Affirmations pour les femmes, 2016
Creuse ta cervelle, 2022
Doublez votre temps, 2023

ALBUM ILLUSTRÉ POUR ENFANTS
Monstres adorables, 2021

À Kelia

Chapitre premier

Le timide soleil de cette fin d'été me chatouillait le visage. Bien que j'aie tiré les rideaux avant de me coucher, les rayons se frayaient un chemin à travers le trou que mon chat avait sauvagement lacéré la semaine précédente. Serrant les paupières avec insistance, espérant pouvoir retrouver le sommeil, je me retournai et tirai brusquement la couette par-dessus ma tête. Peine perdue. Déjà, je pensais à ce que j'allais porter ce matin. Je passais mentalement en revue les vêtements de ma garde-robe. Ma jupe noire avec mon nouveau haut à motifs rouges ? Non, j'allais réserver cet ensemble pour vendredi, car j'avais une présentation orale à faire et je voulais être certaine d'être au mieux devant la classe d'espagnol. D'autant plus que Christian faisait partie de l'auditoire...

J'allais opter pour mon jeans cigarette et ma blouse bleue. Simple, propre et confortable. L'ensemble parfait pour un lundi matin.

Je sortis du lit à contrecœur. L'année scolaire avait commencé à peine une semaine plus tôt et j'éprouvais déjà de la difficulté à me tirer du lit.

J'aimais bien ces moments où j'étais seule, avant que toute la maison ne se réveille. Au même instant, mon chat Kenzo, surnommé plus banalement Minou, poussa la porte et sauta sur mon lit. Il prit place entre les draps défaits. Il pilota le matelas pour y faire son nid. Une fois confortablement installé, il se lécha les pattes en m'observant.

Bien qu'il n'était qu'un banal chat de gouttière adopté à la fourrière alors qu'il n'était qu'un bébé, Minou se prenait pour un roi dans son royaume. Il arborait un pelage gris avec une rayure blanche partant du bout de son museau et se terminant sur le dessus de son crâne. Je l'aimais beaucoup. Assise dans mon lit, je lui grattai le dessus de la tête et il se mit à ronronner de plus belle.

Maintenant réveillée, je repoussai les draps doucement pour ne pas déranger Kenzo. Dès le levé, je passai mes cheveux au fer plat, routine effectuée tous les matins. Rituel obligé, car mes cheveux châtains étaient épais et frisotés. Difficiles à contrôler, je devais les discipliner chaque jour, faute de quoi mon apparence en aurait souffert irrémédiablement. Pas question de me présenter à l'école avec une crinière de lion.

J'enfilai mes jeans moulants en sautillant et boutonnai ma blouse de coton bleue. Je glissai à mes oreilles mes boucles préférées, des anneaux dorés que ma grand-mère m'avait offerts lors d'une virée de magasinage entre filles le mois dernier. Je pris mon tube de mascara noir et en appliquai deux couches sur mes longs cils fournis. Mes cheveux lissés libres sur mes épaules, je jetai un dernier coup d'œil au miroir avant de sortir de ma chambre pour aller déjeuner.

Ma chambre était dans le sous-sol aménagé par mes parents. Je traversai la salle de jeu et je gravis les escaliers d'un pas encore ensommeillé. Déjà, ma petite sœur Liliane courrait dans la maison. Elle m'étourdissait avec toute cette énergie, aussi tôt le matin ! Bien qu'elle ait dix ans, Liliane aimait encore jouer avec ses poupées. Elle voulait parfois faire comme les grands, mais elle gardait encore en elle une partie d'enfant.

De mon côté, ça faisait longtemps que je ne jouais plus aux poupées. À seize ans, j'avais des préoccupations beaucoup plus importantes. Comme mon examen d'histoire cet après-midi. Et ma présentation orale en espagnol ce vendredi. Sans être perfectionniste, j'aimais avoir de bons résultats à l'école, et je devais mettre les efforts nécessaires pour y parvenir. J'avais passé un après-midi cette fin de semaine à réviser mes notes d'histoire et je me sentais fin prête. Malgré tout, je ressentais quelques petits papillons dans mon ventre à l'idée de ce qui m'attendait.

Je fis irruption dans la cuisine. Ma sœur passa pour me faire un câlin rapide et poursuivit sa course.

Mon père, accoté au comptoir-lunch, consultait ses courriels en avalant en vitesse ses céréales. Ma mère vidait le lave-vaisselle à la course.

— Bonjour tout le monde !

Je saisis dans l'armoire mon bol préféré. C'était un vieux bol en plastique avec des dessins de Pocahontas délavés sur les côtés. Je l'avais depuis plusieurs années et il avait vécu des milliers de cycles au lave-vaisselle. Il avait juste la bonne grosseur. Malgré son air défraichi, c'était mon bol et les céréales y étaient toujours plus savoureuses.

C'est ce que je mangeais tous les matins. Les céréales ne m'ennuyaient pas. J'en mangeais de toutes les sortes : au blé, à l'avoine, au miel, à l'érable, en rondelle, en carrés… Je versai des céréales dans mon bol. Aujourd'hui, c'étaient celles aux quatre grains qui se trouvaient dans ma cuillère.

J'ignorais délibérément la cacophonie qui m'entourait. C'était la façon la plus simple de rendre mon existence plus tolérable. Ma mère tentait désespérément de ramener ma sœur à l'ordre. Elle était toujours en pyjama, bien que l'heure fut avancée. En sautant partout, elle répétait qu'elle ne voulait pas déjeuner, prétextant qu'elle n'avait pas faim. Mon père, ses céréales avalées, s'affairait frénétiquement pour préparer les lunchs de tout le monde. C'était toujours lui qui les préparait. Chaque matin, il grommelait qu'il devrait prendre l'habitude de les faire la veille, mais comme chaque matin, il se retrouvait à courir pour tout terminer.

Mon bol avalé, je contournai mon père qui s'affairait et je déposai mon bol et ma cuillère dans le lave-vaisselle. Je me brossai les dents, agrippai sur le comptoir ma boite à lunch que mon père venait de terminer, jetai mon sac à dos sur mon épaule et franchis la porte en criant un rapide « salut » de soulagement à la ronde. La porte refermée derrière moi, je pris une profonde inspiration. Enfin un peu de tranquillité !

Une brise agréable soufflait ce matin-là. Je marchais toujours pour me rendre à l'école. Ce n'était pas très loin de chez moi et ça me donnait l'occasion de réfléchir. Christian se trouvait souvent au centre de mes pensées. Ça faisait déjà près d'un an qu'il avait déménagé à Francville. Dès le premier moment où je l'avais aperçu, j'avais tout de suite senti mon cœur palpiter. Malheureusement, mes sentiments n'étaient pas réciproques et je n'étais pas la seule à succomber à son charme : toutes mes amies l'avaient remarqué elles aussi. Il avait les cheveux noirs et des yeux bleus intriguant. Combien de fois avais-je vu son visage dans mes rêves ? Ça frôlait l'obsession.

Heureusement pour moi, il était dans mon cours d'espagnol. Pour une fois, la chance me souriait ! Je lui avais bien adressé la parole à quelques reprises dans le cadre du cours, mais comme je devenais rouge comme une tomate à chaque fois que je lui parlais, je préférais éviter.

Il sortait avec Maria depuis un mois maintenant. Je rageais juste à y penser. Maria, la plus belle fille de l'école, avait bien évidemment réussi à lui mettre le grappin dessus. D'origine sud-américaine, elle avait un teint bronzé à faire rêver, de longs cheveux noir de jais en cascade et de beaux grands yeux bruns. Un vrai mannequin. Évidemment que Christian allait tomber dans son piège plutôt que tomber dans mes bras à moi, maigrichonne adolescente pâlotte à la crinière indisciplinée !

Je frappai dans un caillou qui se trouvait malencontreusement sur le trottoir. Il ne l'avait pas mérité, mais c'était le seul exutoire sur mon chemin.

Je ronchonnais encore à mon arrivée à l'école. Je devais définitivement passer à autre chose. Cette histoire avec Christian me rongeait inutilement. Il avait tellement l'air amoureux de Maria, je n'avais aucune chance de le faire changer d'avis. Surtout que j'avais toujours été invisible à ses yeux !

Je franchis les portes de l'école pour retrouver mes amies à notre table dans l'aire commune. Les tables étaient en principe « réservées » aux élèves de 5e secondaire. C'était un code non écrit. C'est que si les plus jeunes osaient s'y installer, ils étaient immédiatement entourés des plus vieux, qui les intimidaient jusqu'à ce qu'ils déguerpissent. Cependant, nous avions envahi celle dont personne ne voulait, à côté des toilettes. Personne n'en voulait. Bien que parfois il s'en émane des odeurs désagréables, nous n'aurions cédé notre table pour rien au monde. Élèves de 4e secondaire, nous nous sentions importantes et spéciales à cette table, admises par défaut parmi les plus vieux.

Caroline et Marianne étaient déjà sur les lieux. Caroline mastiquait sa gomme à la cannelle comme à l'habitude. Je me disais qu'elle devait avoir mal à la mâchoire à force de ruminer constamment. Marianne s'esclaffait en écoutant Caroline lui raconter sa fin de semaine en famille au chalet. Je pris place à côté d'elles et écoutai d'une oreille distraite. Les autres membres de la bande arrivèrent à peu de temps d'intervalle : Vanessa, une blonde élancée qui portait toujours des jeans et des espadrilles ; Marie-Josée, qu'on surnommait Joe, qui suivait toujours le dernier régime à la mode ; et Estelle, avec ses cheveux courts, avait toujours le sourire aux lèvres. C'était la plus sportive d'entre nous.

Depuis le début de l'année scolaire, je prenais plus ou moins part aux conversations. Nous étions amies depuis si longtemps et cette routine commençait à m'ennuyer. Tous ces commentaires prévisibles, les conversations interminables sur les derniers accessoires à la mode, les blagues stéréotypées dont nous avions ri des dizaines de fois déjà… Je sentais que je m'éloignais inexorablement de mes amies. Nos priorités et champs d'intérêt n'étaient malheureusement plus les mêmes. Je me sentais de plus en plus différente. Seule dans la foule.

Distraite, je n'écoutais pas vraiment le babillage insipide de mes amies. Du coin de l'œil, je surveillais Christian et Maria, qui avaient l'air de franchement bien s'entendre. Je souhaitais les voir se chamailler, mais rien ne semblait perturber leur union. Pourtant, l'espoir continuait à bruler en moi, malgré tous les raisonnements et toute la logique dont je faisais preuve pour l'éteindre.

Le brouhaha de l'aire commune s'amplifia à mesure que les autobus déversaient leur flot d'étudiants. La cloche qui annonçait le début des cours se fit entendre. Tous se levèrent pour aller récupérer leurs livres dans leur case et se dirigèrent à leur premier cours. Je m'éclipsai avec soulagement. Je ne désirais en aucun cas entendre la conclusion sur les bracelets de bois que portait Elvira Ramirez à la première de son dernier film « Conquête sur la plage ».

Mes livres dans les bras, je me dirigeai vers ma salle de classe. Ma journée commençait avec un cours de français. Quel ennui ! Depuis cinq ans, ils nous rabâchaient les mêmes rengaines sur les participes passés. Est-ce que nous étions tous débiles au point de ne pas enfin pouvoir passer à autre chose ? Apparemment, certains devaient se faire répéter la même chose ad vitam æternam pour espérer le retenir.

Encore une fois, je n'écoutais que d'une oreille distraite. Pour passer le temps, je dessinais avec application des motifs psychédéliques dans mon agenda. Je coloriais avec précaution les dizaines de petits carrés qui composaient un dessin original. Je possédais plusieurs stylos de couleurs que j'utilisais pour mes œuvres.

J'avais créé une panoplie de dessins dans mon agenda, dont plusieurs camouflaient habilement le nom Christian parmi les lignes complexes. Je ne souhaitais pas crier sur tous les toits mon obsession pour ses yeux bleus. De toute façon, il y avait peu de chance que quelqu'un décrypte mes dessins. Je n'aimais pas montrer mes créations, c'était trop personnel.

En après-midi, c'était mon examen d'histoire. Quelques questions m'ont prise par surprise, mais globalement je crois que je me suis assez bien débrouillée, puisque j'ai terminé quelques minutes avant la sonnerie. Mon cerveau était à plat après autant de concentration ! Heureusement, c'était le dernier cours de la journée. Je remis ma copie à l'enseignant. Il a hoché de la tête en guise d'au revoir. Je lui ai répondu avec un sourire forcé. Certains élèves étaient encore penchés sur leurs copies, gribouillant avec ardeur leurs réponses avant que l'enseignant ne leur intime de poser leur crayon.

Je sortis de la salle, soulagée. Une bonne chose de réglée. J'allais maintenant pouvoir me concentrer sur ma présentation orale de vendredi. Le sujet imposé était « La famille », ce qui nous permettait d'exploiter notre vocabulaire de base. Je ne savais pas encore exactement ce que j'allais dire. Je voulais profiter de l'occasion pour susciter de l'intérêt de la part de Christian. Je voulais qu'il me remarque, qu'il me trouve intéressante, drôle... bon, je me permets de rêver !

Avant de quitter les lieux, je récupérai mes affaires dans mon casier. J'avais malheureusement quelques devoirs à faire pour le lendemain, dont un travail de math. Je claquai la porte de ma case d'un mouvement assuré, je refermai le cadenas et je pris le chemin du retour. Perdue dans mes pensées, je n'ai presque pas remarqué le parcours. Je marchais machinalement en récitant dans ma tête des phrases que je pourrais utiliser pour mon exposé.

En entrant dans la maison, j'étais seule. Enzo le chat vint me saluer en se frottant gracieusement entre mes jambes. Mon père était au bureau et ma mère devait amener Liliane à ses cours de danse après sa journée de travail. J'aimais bien ces moments de solitude. Je décidai de profiter du calme pour compléter mes devoirs. J'aurais le reste de la soirée pour me divertir.

Je m'installai à la table de la cuisine. J'avais un peu de difficulté à me concentrer sur mon travail ce soir-là. Je découvris que je m'ennuyais de plus en plus dans ma routine. Je sentais que mes amies m'appréciaient de moins en moins et je les comprenais bien. Je ne participais presque plus à leurs conversations. J'en avais assez de prétendre m'intéresser à leurs bavardages lamentables. Tout ça n'avait plus aucun intérêt pour moi. J'avais l'impression d'avoir dépassé ce stade. J'avais envie de discuter du sens de la vie, de l'actualité, de projets d'avenir, et non pas potiner sur les voisins ! Quel dommage de ne pas avoir évolué dans la même direction ! Pour être honnête, j'évoluais et elles restaient fidèles à elles-mêmes.

De plus, je me sentais exclue. Mais dans quel autre groupe pourrai-je m'intégrer ? En passant mentalement en revue les différents groupes, je réalisai que j'étais différente de tous les étudiants. Je sentais que je n'avais plus ma place à cette école. Je constatai que j'avais besoin de nouveaux amis, mais c'était plus facile à dire qu'à faire. En attendant, je pris la résolution de redoubler d'efforts pour ne pas être évincée de mon groupe, car je n'avais aucunement l'intention d'être élue « rejet ».

Mon devoir terminé en vitesse, je saisis une pomme verte dans le réfrigérateur. Ma mère se fendait en quatre pour s'assurer que nous ayons toujours des collations saines sous la main. Je pris une bouchée juteuse dans le fruit et je me calai confortablement sur le divan pour regarder mon émission télévisée préférée avant le repas. Les Simpsons !

Ma mère et ma sœur ne tardèrent pas à arriver, mon père les suivant de près. Le tourbillon quotidien de la maison recommença. Je préférai rester à l'écart de cette agitation épuisante. Je me contentais le plus souvent de mettre la table, puis je me cachais dans ma chambre jusqu'à ce que le repas soit servi. Aussitôt la table débarrassée, je retournais au sous-sol pour écouter de la musique, étudier, lire ou écrire dans mon journal.

Ma mère me regardait parfois d'un air désapprobateur, mais elle respectait mon style de vie. Comme je l'entendais dire à sa sœur au téléphone, j'étais apparemment en crise d'adolescence. Je ne voyais pas en quoi chercher la tranquillité dans une maison aussi animée était une « crise ». Je n'avais aucunement envie de lui en parler. De toute façon, ça n'avait aucune importance.

Le lendemain, j'étais assise à notre table avec mes amies (toujours aussi ennuyeuses), quand je ressentis une vague d'animation se propager dans l'aire commune. L'atmosphère changea du tout au tout, provoquant sur mes bras une attaque de chair de poule. Quelque chose d'inhabituel s'était immanquablement produit.

Comme mes amies, prêtes à tout pour ne pas manquer de potin juteux, je me retournai dans tous les sens, cherchant la source de cette activité.

Je la vis dans l'embrasure de l'entrée principale.

Une nouvelle élève ! Dans une si petite ville, nous avions rarement de nouveaux étudiants à notre école. Encore moins un élève qui débutait avec une semaine en retard ? Pourquoi ne pas avoir commencé en même temps que nous tous ? Bien que son arrivée tardive ait tout pour surprendre, ce n'était pas ce qui était le plus bizarre.

Son apparence détonait dans cette mer de conformité. Cette fille avait des cheveux roux brillant, presque iridescents. Ses vêtements en lin lui donnaient un air de hippie prête à partir en guerre, une combinaison inusitée. Ses yeux verts perçants défiaient insolemment la foule de curieux qui la regardait. J'aurais rougi de la tête aux pieds si j'avais été dans une telle situation ! Pas elle. Elle ne baissait même pas les yeux.

Mes amies se mirent à chuchoter avec fébrilité, comme tous les autres étudiants. Elles commentaient les vêtements inhabituels de la nouvelle venue. Encore des jugements basés sur des critères superficiels. Exaspérée par leur comportement, je cessai de les écouter.

Je concentrai plutôt toute mon attention sur la nouvelle. J'étais fascinée, intriguée par ce que je voyais. Son regard vert croisa brièvement le mien. Intimidée, je me détournai sur le champ en rougissant. Je feignis immédiatement d'être plongée dans la conversation en cours à ma table. Heureusement, la cloche retentit peu de temps après. Je jetai un regard furtif vers la porte. La nouvelle avait disparu.

CHAPITRE 2

En sortant de mon premier cours de la journée, math, je me suis dirigée vers mon casier pour y déposer mes livres comme à mon habitude. Je claquai la porte de métal gris d'un coup sec. Je sursautai en voyant la nouvelle. Adossée au mur d'en face, elle me regardait en croquant à belles dents dans une pomme rouge. Elle se tenait sur un seul pied, l'autre relevé derrière elle. Surprise de la voir là, je posai la main sur mon cœur qui battait encore la chamade. Mais qu'est-ce qu'elle attendait, à m'observer ?

Elle s'approcha de moi d'un pas félin, avala sa bouchée et me lança d'un ton désinvolte :

— Salut !

Je ne savais pas trop comment réagir. Elle m'intriguait et m'effrayait tout à la fois. Je jetai un bref regard aux alentours pour m'assurer que c'était bien à moi qu'elle s'adressait. Elle continua à mastiquer sa pomme, le regard enjoué. Je savais que nous étions le centre de l'attention dans le couloir. En effet, les autres élèves nous observaient discrètement, ou n'était-ce qu'une impression ? Me ressaisissant, je me devais de la saluer en retour, par politesse. Peu sure de moi, je lui lançai un « salut » qui se voulait décontracté.

Elle me sourit de toutes ses dents alignées et blanches. J'avais l'impression d'avoir passé son test. J'étais intimidée par sa grande confiance, mais je calmai mon anxiété en me disant qu'elle ne se mettrait pas subitement à m'insulter ou me frapper (enfin, je l'espérais). Elle termina sa pomme et lança le trognon dans la poubelle. Elle essuya sa main sur son jeans et se présenta. Brianna. Elle venait de déménager à Francville. Ses parents l'avaient envoyée pour l'année chez sa tante, car ils partaient en pèlerinage d'un an en Asie. Un changement aussi radical dans sa vie n'avait pas l'air de l'attrister le moins du monde.

En quelques minutes, elle me laissa entrevoir son univers. Nous discutions avec le plus grand naturel. C'était comme si on se connaissait depuis toujours. Je buvais ses paroles. Je la trouvais fascinante. Elle avait voyagé dans plusieurs parties du monde. Ses parents aimaient partir à l'aventure et elle les accompagnait partout. Sauf que cette fois, elle avait décidé de ne pas les suivre et de tenter de vivre une existence « normale » et « stable ». Elle surestimait définitivement le bonheur qu'une vie banale comme la mienne pourrait lui procurer !

La pause s'envola. Je sursautai lorsque j'entendis la sonnette. Je ne m'étais même pas aperçue que nous étions restées debout à discuter dans le couloir. Je m'étais découvert des points communs avec Brianna et je la trouvais inspirante. Elle apportait un vent de fraicheur dans cette école, justement comme j'y étouffais !

Brianna s'éloigna et je récupérai mes livres pour la prochaine période. En marchant pour me rendre à mon cours de physique, je sentais des regards inquisiteurs posés dans mon dos. Est-ce que ma conversation avec Brianna avait déjà fait le tour de l'école ?

À l'heure du diner, je pris place à notre endroit habituel à la cafétéria. Nous avions une table dans le fond de la pièce, près de la caisse de la cantine. J'avais à peine déposé mon plateau que déjà les filles me bombardaient de questions. Elles voulaient tout savoir sur ma discussion avec Brianna. Je sentais instinctivement qu'elles n'appréciaient pas du tout l'arrivée de cette fille dans notre école. Elle était trop différente et ça les dérangeait ! Je n'en étais pas surprise le moins du monde. Les ignorants ont toujours peur des gens qui ne leur ressemblent pas ! Je levai les yeux au ciel.

Les filles jacassaient avec entrain et commentaient chaque nouvelle information qu'elles me soutiraient. Soudain, je sentis un épais malaise se propager autour de la table et nous envelopper. Sans même l'avoir vue, je sentis que Brianna se dirigeait droit sur nous.

Les questions cessèrent brusquement de pleuvoir sur moi et les filles tentèrent tant bien que mal de garder leur calme. Marianne se lança sans conviction sur un autre sujet afin d'animer la table. Elle souhaitait ainsi dissimuler à Brianna le fait que quelques secondes plus tôt, c'était dans son dos que nous parlions.

La nouvelle déposa son plateau en face de moi. Elle s'imposait sans gêne dans notre groupe. J'admirais son culot.

— Je peux m'assoir ici ? demanda-t-elle en souriant à la ronde.

Elle prit place sans attendre la réponse. Apparemment, elle n'en avait rien à faire !

Je sentais que les filles auraient préféré la voir soudainement disparaitre de la surface de la Terre plutôt que de l'avoir dans les pattes. Elles ne papotaient pas avec leur entrain habituel. Vanessa, qui se trouvait à la droite de Brianna, se tortillait nerveusement sur sa chaise. Elle grignotait son repas sans appétit. Brianna l'ignorait royalement. Joe picorait dans son assiette, elle qui dévorait habituellement sa nourriture.

Brianna reprit la conversation avec moi là où nous l'avions laissée à la pause, avec une simplicité déconcertante. Comme j'aurais voulu détenir son assurance !

Un peu avant la cloche, Brianna s'éloigna avec son plateau après nous avoir saluées. Comme ranimées par son départ, les filles se scandalisèrent de son incursion.

— Non, mais pour qui elle se prend celle-là ? s'insurgea Joe. Personne ne l'a invitée !

Son visage était rouge de colère. Un peu plus et elle crachait par terre de mépris comme une vielle grincheuse. Quelle mascarade ! Je roulai des yeux d'exaspération.

— Du calme, répliqua Marianne. Elle ne connait personne ici. On pourrait au moins lui donner une chance.

Enfin un peu de bon sens ! Bravo Marianne !

— Je voudrais bien être d'accord avec toi, mais elle me fout la chair de poule, cette fille, ajouta Caroline en mastiquant sa gomme à la cannelle. En plus, murmura-t-elle en se penchant vers nous, tu as vu que tout le monde nous regardait ? On ne peut pas accepter n'importe qui dans notre groupe, ajouta-t-elle plus fort en se redressant, notre réputation dans cette école en dépend.

Elle renforça son argument en cognant la table avec son poing.

Les filles acquiescèrent à l'unisson. Un pacte venait de se former entre elles.

Je n'avais même pas eu le temps de parler ! De toute façon, je ne savais pas quoi ajouter. Elles avaient raison de dire que Brianna était étrange. Son accoutrement la rendait différente, un peu trop pour un endroit conservateur comme Francville.

Les filles voulaient l'exclure du groupe. Mais d'un autre côté, son arrivée bouleversait ma désolante routine. J'avais l'impression que ma vie s'illuminait en sa présence. Elle me donnait des ailes, le gout de foncer et réaliser tous mes rêves. Elle me laissait entrevoir une vie merveilleuse hors de cette ville conformiste.

Discuter avec elle avait été intéressant. Elle avait visité plusieurs pays, connu différentes cultures… Elle était ouverte sur le monde et intelligente. Alors que nous, nous n'avions pas beaucoup voyagé hors du Québec. Le record de distance appartenait à Estelle, qui avait eu la chance de voir New York grâce à un tournoi de volleyball pour lequel elle avait été sélectionnée. Moi, je n'avais même jamais mis les pieds hors de la région, excepté lors d'un voyage scolaire à Ottawa. Mais Brianna…

J'allais devoir réfléchir à la question. J'étais indécise. Dans ma courte existence, je n'avais jamais été confrontée à des sentiments aussi contradictoires.

Le lendemain, Brianna vint encore une fois prendre place face à moi à la cafétéria. C'était la deuxième journée que les étudiants la voyaient et je constatai avec soulagement que son effet de nouveauté commençait déjà à s'estomper. Les élèves ne se retournaient plus systématiquement sur son passage. Elle allait bientôt faire partie du décor. J'étais contente pour elle. Ça devait être lourd à supporter, tous ces regards curieux.

Pendant le repas, nous nous découvrions une foule de points en commun malgré nos origines distinctes. Elle aimait aussi les chats. Elle avait de l'ambition, chose rare dans cette petite ville. Elle avait plein de projets qui bouillonnaient dans sa tête et elle voyait gros. Dire qu'il y a à peine quelques jours, je rêvais d'avoir une amie comme elle dans ma vie !

Elle et moi, nous avons passé un agréable moment à rire et à nous découvrir. Les filles jasaient entre elles et ne se joignaient pas à nous. Caroline me jeta quelques coups d'œil furieux pour me faire comprendre sa désapprobation, mais j'étais trop heureuse pour en tenir compte. Brianna ne faisait aucun effort pour les inclure dans notre conversation. Malheureusement, elle devait partir avant la fin de l'heure de pause pour aller voir son enseignant d'histoire. Un examen à revoir m'a-t-elle dit. Normal quand on arrive après la rentrée scolaire.

Donc, Brianna se leva et repoussa son épaisse chevelure rousse.

— Bye ! lança-t-elle en s'éloignant tout en exsudant une confiance en elle désarmante.

Elle ne pouvait pas se douter de ce qui se tramait dans son dos. Moi non plus d'ailleurs.

Enthousiaste, je me retournai vers les filles :

— Elle est géniale, non !

À voir leur visage, je savais que les choses allaient se gâter. Je sentais que les filles n'avaient pas de la même opinion que moi. Pourquoi avais-je été assez naïve pour croire qu'elle changerait d'avis à son sujet ?

Aussitôt que Brianna fût suffisamment loin de notre table, Marianne chuchota :

— Écoutez, on doit se débarrasser d'elle.

À mon grand désarroi, je vis que toutes les filles acquiesçaient. Je secouai la tête de dépit. Elles avaient comploté dans mon dos, j'en étais certaine ! Je me sentis trahie. Se doutant que j'allais m'opposer à cette décision, Marianne se tourna vers moi. Apparemment, elle était la porte-parole du groupe !

— Émilie, nous en avons discuté et nous sommes toutes d'accord pour l'exclure du groupe. Et comme elle s'assied avec nous à cause de toi, c'est à toi de lui dire. Logique élémentaire. Dis-lui que nous ne voulons pas d'elle.

— Exact ! approuva Joe.

— Le plus tôt sera le mieux, insista Marianne.

Les autres filles me regardaient en hochant la tête. Seule Caroline baissa les yeux. Elle semblait mal à l'aise de la tournure des évènements. Elle me redonna espoir et je décidai de tenter une ultime plaidoirie.

— Elle est nouvelle et elle se retrouvera à manger seule sans nous ! Elle n'a personne d'autre ! Laissez-lui le temps de s'adapter, je suis sure que vous l'adopterez. Elle est gentille.

Le groupe évitait mon regard en secouant la tête. De toute évidence, je prêchais dans le désert.

— Ce n'est pas notre problème. On ne veut pas d'elle. Tu nous en débarrasses, point final, déclara Marianne en croisant les bras sur sa poitrine.

— Tu choisis : c'est nous ou elle, menaça Joe.

J'étais dégoutée par leur égoïsme, mais j'étais acculée au pied du mur. Je n'avais aucune envie de me retrouver exclue. Je n'étais pas prête à dire adieu à ma place dans cette école. Ce groupe représentait en quelque sorte mon identité… D'un autre côté, je me renfrognais à l'idée de repousser Brianna. Je n'étais pas d'accord d'effectuer le sale boulot. Elle allait se retrouver toute seule et je le savais très bien. Je n'avais jamais eu à affronter un déménagement. Je connaissais mes amies depuis la maternelle. Cependant, je m'imaginais quand même assez bien la solitude qu'on pouvait ressentir et je sympathisais avec sa situation. Manger seule à la cafétéria, quelle honte ! Ne pas savoir où aller durant les pauses, quelle gêne ! Plus important encore, elle me plaisait bien à moi.

Maintenant, tous les regards de mes amies étaient braqués sur moi. Manifestement, les filles attendaient ma réponse. En bredouillant, j'ai accepté de dire à Brianna de nous laisser tranquilles. Elles ne s'attendaient pas à moins de moi. Satisfaites, elles se levèrent à l'unisson pour aller déposer leur plateau. Restée derrière, j'appuyai ma tête dans mes mains. J'étais un peu sous le choc d'avoir accepté de commettre une action aussi cruelle. J'avais cédé sous la pression comme une vulgaire brindille sous le pied massif d'un mammouth.

Finalement, je me levai à mon tour pour aller porter mon plateau. La cafétéria était presque vide maintenant. La cloche annonçant le début imminent de mon prochain cours résonna. Je me trainai les pieds jusqu'à mon casier. La perspective de cette petite discussion avec Brianna ne m'enchantait pas du tout.

Pour la première fois dans ma vie, mon cours de français se déroula un peu trop vite à mon gout. J'avais résolu de régler le problème au plus vite, c'est-à-dire à la pause de l'après-midi. J'étais plutôt du genre à enlever brusquement un diachylon, préférant une douleur intense et rapide qu'une douleur soutenue sur une plus longue période.

Je n'eus aucun mal à repérer Brianna. Elle apparut derrière la porte de mon casier, comme par magie. Elle semblait déjà en avoir fait une habitude !

Je constatai que je n'avais aucune idée d'où pouvait se trouver son casier. Tristement, je constatais que ça n'avait plus d'importance désormais.

Je la conduis à la cafétéria. Bien que la majorité des tables était rangée après le diner, il y avait toujours quelques tables qui restaient pour ceux qui voulaient y prendre place. Les autres étaient repliées et adossées contre le mur. L'endroit n'était pas très fréquenté durant les pauses, donc nous allions y être tranquilles.

Elle avait l'air ravie que j'aie envie de lui parler. Après tout, j'étais sa première et unique amie à Francville. Je déglutis avec peine. Ce que je m'apprêtais à lui dire n'allait pas lui faire plaisir. Alors là, pas du tout.

— Brianna, écoute, dis-je en me raclant la gorge. Je n'ai rien contre toi personnellement.

Je vis des points d'interrogation remplir ses yeux verts. Elle ne voyait pas du tout où je voulais en venir. Je me tordis nerveusement les mains sur la table.

— Mais les filles n'aiment pas manger avec toi.

Prenant mon courage à deux mains, je lui avouai :

— En fait, elles voudraient carrément que tu leur fiches la paix.

— Mais toi, Émilie ? Tu ne veux pas que nous soyons amies ? Je croyais qu'on s'entendait bien...

Ses yeux étaient embrumés de larmes.

— Euh, en fait... hésitai-je.

Je sentais que je devais bien réfléchir pour ne pas me mettre les pieds dans les plats. Pour m'en sortir au plus vite, le plus simple était de prétendre que j'étais d'accord avec mes amies.

— Je crois qu'elles ont raison. Oui, je suis d'accord avec elles, dis-je en essayant d'y mettre un peu plus de conviction.

Brianna pleurait maintenant. De grosses larmes silencieuses roulaient sur ses joues. Mais je devais donner le dernier coup, le coup fatal, pour ne laisser aucun doute dans son esprit. La dernière chose que je voulais était d'avoir à revivre cette conversation douloureuse !

— Je crois que nous ne pourrons plus être amies. J'aimerais mieux que tu cesses de venir me parler.

Je pouvais difficilement être plus clair, dans le style rejet complet. Défaite, Brianna se leva précipitamment, courant presque hors de la cafétéria.

Elle pleurait à chaudes larmes. Je sentais que moi aussi j'avais les yeux humides. J'avais de la peine pour elle. Je me sentais coupable de ne pas avoir de convictions plus solides. J'espérais qu'elle pourrait trouver sa place à notre école. Mais ce ne serait pas à nos côtés.

Je me sentais tellement déprimée. Les épaules voutées, je me déplaçai péniblement jusqu'aux toilettes. Je m'enfermai dans une cabine pour le restant de la pause. Je ravalai mes larmes. Je n'étais pas fière de ce que je venais de faire. Il ne me restait plus qu'à oublier et à passer à autre chose. Le dossier était réglé. Mieux valait lui dire tout de suite pour lui donner l'occasion de rencontrer d'autres personnes, pas vrai ? J'essayai de m'en persuader.

Chapitre 3

Il ne me restait plus que deux jours pour préparer ma présentation pour le cours d'espagnol de vendredi. Brianna m'évitait et moi aussi, mais quand je la croisais par hasard je voyais bien qu'elle m'en voulait de l'avoir mise de côté. Elle me fusillait du regard. Je baissais les yeux, rouge de honte.

D'un autre côté, mes amies, elles, étaient soulagées. Elles avaient tôt fait de mettre l'accablante histoire « Brianna » derrière elles. Leurs babillages étaient revenus à la normale. Elles n'avaient pas les larmes de Brianna sur la conscience comme moi ! Au moins, j'avais regagné quelques brins d'estime à leurs yeux, bien que je continue définitivement à perdre ma place auprès d'elles ces temps-ci. J'avais le cœur lourd.

Me concentrer sur un projet scolaire était exactement ce qu'il me fallait pour me changer les idées.

Le jeudi en soirée, j'avais considéré plusieurs variantes pour mon habillement. Finalement, la meilleure option s'était révélée être la première, celle à laquelle j'avais pensé le lundi matin, pendant que j'étais couchée dans mon lit : ma jupe noire avec mon nouveau haut à motifs rouges. Donc, le vendredi matin à mon réveil, mes vêtements étaient prêts, sagement alignés sur le dossier de ma chaise.

J'ai appliqué un peu de maquillage. Rien de très voyant. Je n'avais pas l'habitude d'en porter beaucoup. Je ne voulais pas trop attirer l'attention non plus. Je détestais sentir les yeux des autres sur moi. J'ai quand même pris le temps de remonter une partie de mes cheveux vers l'arrière. En m'inspectant sous tous les angles dans mon miroir, je me trouvai presque jolie. Je me fis un clin d'œil et attrapai mon sac.

J'arrivai le matin à notre table et je trouvai les filles en grande conversation, encore plus bruyantes et souriantes qu'à l'habitude. De quoi parlaient-elles ? Un nouveau potin ? Curieuse, je m'approchai et elles ne me virent pas jusqu'au moment où j'arrivais à leur côté.

— … et il a pris mon numéro, on doit se voir sam…

Estelle se tut subitement en me voyant approcher.

— C'est quoi, cette histoire ? Tu as rencontré quelqu'un ? Où ça ?

Le visage d'Estelle prit différents dégradés de roses et de rouges. Je me sentis mal à l'aise. Les filles me cachaient quelque chose, j'en étais certaine.

— Oh euh oui c'est que… hier je suis sortie avec mon frère et ses amis. On est allé à la Big Boîte.

— Tu as réussi à entrer ?

— Hum oui, j'avais une fausse carte, vois-tu…

La cloche sonna et je vis Caroline se détendre. En fait, toutes les filles avaient l'air soulagées de partir en cours, ce qui confirmait qu'elles ne me disaient pas la vérité. Elles détalèrent.

À la troisième période, en arrivant devant la classe d'espagnol pour ma présentation, j'ai immanquablement rougi dès que j'ai ouvert la bouche. Je ne pouvais m'attendre à mieux. Mon sang me jouait véritablement de mauvais tours. En sentant la chaleur monter sur mes joues, j'ai rougi davantage.

Le plus pénible était de sentir les yeux de Christian sur moi. Est-ce qu'il me trouvait ridicule, debout devant la classe avec le visage empourpré ? Bon. Prends une grande respiration.

Je me suis lancée. J'étais bien préparée. J'avais appris avec application mon texte. Je fixais le fond de la classe pour éviter les regards braqués sur moi, un truc donné par M. Vachon, mon enseignant d'anglais l'année passée. Je récitai mon texte à toute allure, pressée d'en finir et d'aller enfin me rassoir à mon bureau, en sécurité. J'en étais toute essoufflée.

Je n'ai eu qu'un blanc, mais heureusement j'avais mon texte à proximité. J'ai rapidement retrouvé le fil de mon exposé. Une fois mon texte débité, on m'applaudit poliment et je repris mon siège avec soulagement. Je pris une grande respiration. Je crois que je m'en étais plutôt bien tirée.

Quand Christian s'est présenté à son tour devant la classe, mon cœur se mit à battre la chamade. Je tentais tant bien que mal de dissimuler ma fascination pour lui. En jetant quelques coups d'œil discrets alentour, je constatai que je n'étais pas la seule fille qui semblait charmée par sa beauté. Plusieurs de mes compagnes le contemplaient, un sourire niais collé aux lèvres. Je décidai d'en profiter moi aussi et je braquai mes yeux sur l'objet de ma convoitise.

Christian avait toujours l'air à l'aise, même debout devant une trentaine d'élèves qui le dévisageaient. Il s'exprimait avec une assurance déconcertante, et ce malgré les nombreuses fautes grammaticales qui truffaient son discours. Il agrémenta même sa présentation de quelques blagues. J'étais en pâmoison. Je n'en attendais pas moins de Christian Dubé.

Un tonnerre d'applaudissements retentit à la fin de sa présentation. Christian regagna sa place d'un pas décidé, presque arrogant.

Il occupa mes pensées le reste de la journée. J'étais sur un nuage et je n'entendais plus rien de ce qui se passait autour de moi. Je revoyais en boucle son exposé. Je marchais comme un zombie, un sourire niais sur les lèvres. Je suis même entrée en collision avec deux élèves en chemin vers la bibliothèque. C'était l'effet Christian. J'étais une victime dans tout ça !

Au tournant d'un couloir, j'entendis Estelle, Marie-Anne et Caroline qui discutaient avec animation.

— Il faut refaire ça ! C'était génial !

— Oui, ça valait la peine d'être si fatiguée aujourd'hui !

Je stoppais net. C'est exactement ce qu'elles me cachaient ! Mon cœur se brisa. Mes meilleures amies (quoi que j'en dise, elles étaient les meilleures que j'avais) étaient sorties dans les bars hier sans moi ! Sans même m'inviter ! En évitant même de m'inviter !

Je bouillais de rage. Envolées, les pensées coquines sur Christian. Elles furent remplacées par des idées de meurtres. Quelles mauvaises amies ! Comme j'avais hâte d'obtenir mon diplôme et de foutre le camp de cette école de merde avec ces gens de merde ! Des attardés qui n'iraient jamais loin, des filles qui rêvaient d'être serveuses et des gars qui ne pensaient qu'aux voitures et au sexe ! Je suis un extraterrestre ou quoi ?

Une larme amère dégringola sur le bord de ma joue. Je m'enfuis en courant au détour d'un couloir pour éviter que ces traitresses aient la joie de me voir dans cet état. Vivement la fin de l'année !

Je vais partir à l'aventure, quitter ce coin tranquille, perdu et ennuyant ! Je vais faire le tour du monde s'il le faut, mais je vais trouver des gens qui me ressemblent, avec qui je pourrai développer et entretenir des amitiés enrichissantes !

Je filai comme une étoile à travers les longs couloirs qui s'étaient vidés rapidement. Je dus m'y prendre à deux reprises pour faire la bonne combinaison sur mon cadenas. Mes doigts étaient aussi fâchés que moi et tremblaient de rage. Je jetai tous mes livres pêlemêle sur la tablette et claquai la porte avec rage avant que le tout ne déboule à mes pieds. Pas question de faire des devoirs ce soir, je me donnais congé ! De toute façon, je ne pourrais jamais me concentrer après ce que je venais de découvrir !

Je fonçai tête baissée dehors. Je n'avais l'intention d'arrêter pour personne. Attention à vous ! Si je vous frappe, ce sera de votre faute !

J'avais à peine franchi la sortie de l'école quand je tombai face à face avec Brianna. Ça m'a fait un choc. La voir devant moi me tira brutalement de mes pensées négatives. Elle aussi avait été trahie.

Par moi.

Qu'est-ce qu'elle faisait là ? Je n'allais pas tarder à le savoir, car déjà elle ouvrait la bouche. Pas question de m'arrêter. Je ne voulais pas être vue avec elle. J'avais déjà assez de problèmes comme ça ! Je rabattis le capuchon de mon manteau sur ma tête et poursuivis mon chemin.

Elle m'emboita le pas.

— Émilie ! Je veux te parler. Je peux marcher avec toi ?

— Oui, bredouillai-je sans grande conviction.

Pourquoi ma mère m'avait-elle enseigné les bonnes manières ? Tout ce que je voulais, c'était de clore ce chapitre et passer à autre chose. J'étais prise au dépourvu et j'accélérai le pas. Je n'étais pas ravie d'avoir à la confronter une seconde fois. N'avais-je pas été assez claire ?

Cependant, en constatant qu'elle pleurait, mon cœur a fondu immédiatement. Je ralentis la cadence et lui fis face, l'invitant à me parler.

— Je ne comprends pas pourquoi tu ne veux plus qu'on se parle, sanglota Brianna. Je croyais qu'on s'entendait bien.

Elle renifla un bon coup. Elle avait les yeux rouges. Je ne voulais pas lui avouer que mes amies m'avaient embarquée dans cette histoire ; je ne voulais pas qu'elle croit que j'étais aussi naïve et influençable. En repensant à cette journée, j'avais honte. Je ne savais plus sur quel pied danser.

Spontanément, je la pris dans mes bras pour la réconforter. Je lui lançai :

— Hé, tu veux venir manger chez moi ?

Surprise (avec raison, je l'étais aussi), elle accepta. Je sortis mon téléphone cellulaire de ma poche pour avertir ma mère que j'amenais avec moi une amie. Brianna fit de même pour annoncer à sa tante qu'elle soupait chez moi. Nous avons toutes deux reçu le feu vert.

J'entrainai Brianna dans mon sillage. Je n'étais pas très à l'aise en marchant à ses côtés, et elle ne semblait pas l'être non plus. Je ne savais pas trop comment réagir ni quoi dire. Un silence embarrassant planait sur nous durant le trajet. Je regrettais déjà mon coup de tête. Dans quel pétrin m'étais-je encore mise ? Il ne fallait surtout pas que les filles l'apprennent !

Je devais absolument trouver un sujet de conversation, n'importe quoi pour briser ce silence. N'importe quoi ! Nous croisâmes le cimetière sur notre route. Je saisis l'occasion.

— J'adore les cimetières ! C'est vraiment trop cool.

— Ah ouais ? demanda Brianna, sceptique.

— C'est si calme et paisible, c'est l'endroit idéal pour réfléchir. Parfois, je me promène et j'inspecte les pierres tombales. La plus vieille date de 1815 !

— J'aimerais bien que tu me fasses visiter un de ces jours.

Mal à l'aise, je décidai de garder le silence. Difficile de refuser, alors je ne dis rien. Je préférais ne pas trop m'avancer sur ce terrain glissant, car le futur de notre amitié me semblait impossible.

Soulagée, je vis enfin que nous arrivions à ma maison. Au moins, j'avais réussi à soutenir une conversation jusqu'à destination. Je poussai la porte blanche. Toute la famille nous attendait et je leur présentai Brianna.

— Maman, papa, voici Brianna.

Brianna s'avança vers eux, la main tendue. En un coup d'œil, je sus que son look particulier étonna mes parents. Elle portait une blouse de coton blanc et une longue jupe en jute. Des plumes ornaient ses cheveux tressés qui retombaient sur ses épaules. Heureusement, ils ne commentèrent pas, ce qui m'évita d'avoir honte. Je leur en fus reconnaissante. Je surpris le regard indulgent qu'ils échangèrent. Je compris que pour eux, nous n'étions que des « adolescentes en crise », comme ma mère se plaisait à le répéter. Pour une fois, ça ne m'a pas trop énervée. Ça m'évitait des questions auxquelles je ne voulais pas faire face.

Mon père fut le premier à lui serrer la main avec chaleur.

— Bienvenue chez nous Brianna. Je suis Sylvain et voici ma femme Line.

Ma mère lui sourit.

— C'est un plaisir de te rencontrer. J'espère que tu aimes les pâtes.

Brianna acquiesça.

Liliane nous sautait autour avec entrain. Elle voulait montrer à Brianna sa chambre et ses jouets. Elle tirait avec insistance sur sa manche pour la motiver. Brianna accepta de l'accompagner en attendant le souper, ce qui permit de calmer temporairement le tempérament surchauffé de ma sœur. À ma grande surprise, Liliane semblait charmée par Brianna. Si seulement mes amies aussi avaient pu l'aimer elles aussi, ma vie serait tellement plus simple ! Cette idée me laissa songeuse.

— À table ! nous appela ma mère.

Nous laissâmes en plan les poupées sur le plancher et nous nous précipitâmes dans la salle à manger. Un bol de pâtes carbonara fumant trônait sur la table. Une odeur délicieuse embaumait la pièce. J'installai Brianna à côté de moi. Affamée, je remplis mon assiette de pain à l'ail gratiné, de pâtes et de salade césar. Miam !

Le souper se déroula sans anicroche. Nous avions l'air d'une famille parfaitement normale, discutant et riant en nous passant les plats et la salière. Ma famille avait rapidement su apprécier la véritable personnalité de Brianna, au-delà de son look déstabilisant.

Le souper se termina avec une délicieuse pointe de tarte au sucre et une boule de crème glacée à la vanille. Exceptionnellement, mes parents me donnèrent congé de vaisselle afin de pouvoir m'occuper de mon invitée. Génial ! Nous nous éclipsâmes au sous-sol. J'étais ravie d'échapper à la corvée qui m'incombait normalement. Confortablement installées sur mon lit, nous jacassions comme des pies. Brianna avait toujours le mot pour rire.

Au courant de la soirée, nous discutions de tout et de rien avec un naturel déconcertant. Je lui ai confié spontanément mon attirance envers Christian Dubé.

— Tu craques pour Christian ! Tu sais qu'il est dans mon cours d'éducation physique ?

— Ah oui ! Chanceuse ! Alors, comment est-il ? Je suis sure qu'il est fort !

— Quel mec !

Évidemment, elle aussi avait remarqué Christian. Beau comme un Dieu, je disais !

— Je ne doute aucunement de ses prouesses sur le terrain !

Brianna me confirma le tout.

— Ouf, l'autre jour, au volleyball, il a tapé un ballon direct en flèche ! L'équipe opposée n'a même pas tenté de l'intercepter, ils ont eu trop peur !

J'étais en pâmoison juste à l'entendre décrire sa grande agilité. Je lui redemandais des détails et buvais ses paroles. J'étais accro, mais je perdais mon temps. Il était amoureux de Maria. Grrr. Pas de chance !

Soudain, le jour où j'avais dit à Brianna de ne plus nous embêter m'est revenu à l'esprit. Je ressentais le besoin de mettre les choses au clair. Je ne pouvais continuer à prétendre que rien ne s'était passé. Ses larmes me pesaient encore sur le cœur.

— Tu sais Brianna, notre discussion de l'autre jour, à la cafétéria… Je ne voulais vraiment pas te faire de la peine…

— Ne t'en fais pas, m'interrompit Brianna en allongeant la main devant mon visage en signe d'arrêt. J'ai compris, tes amies ne tiennent absolument pas à m'avoir dans le décor. C'est justement pour ça que je voulais te parler aujourd'hui. Je voulais t'expliquer que ça ne me dérange pas. Je supporte très bien la solitude à l'école.

Surprise par cette révélation, je la laissai poursuivre sur sa lancée.

— Tu sais, j'ai souvent eu de la difficulté à me faire des amies, avec tous mes déménagements. En plus, je n'aime pas perdre mon temps en conversations superficielles. Tes amies ne sont pas du tout mon style !

J'acquiesçai. Je comprenais parfaitement ce qu'elle voulait dire.

— C'est pour ça que je pense qu'on se comprend. Si tu veux, on pourrait se parler seulement en dehors de l'école ? Ça me ferait plaisir.

Elle me regardait avec des yeux implorants. Je réfléchis quelques secondes à sa proposition. Ça me paraissait hypocrite de l'ignorer pendant les cours et de la fréquenter après… Mais après tout, c'était son idée, alors pourquoi ne pas en profiter ? J'aurais le meilleur des deux mondes.

— D'accord, marché conclu, dis-je en lui serrant la main pour officialiser notre entente.

Elle secoua ma main avec enthousiasme.

— Allez, donne mon ton numéro de cellulaire pour que je puisse te texter !

Nous échangeâmes nos téléphones. Elle inscrit son numéro dans ma liste de contact et j'ajoutai le mien à la sienne. On se regardait en souriant. Je lui lançai un oreiller en riant et on se mit à se chamailler. Enfin, je sentais que mon ennuyeuse routine venait d'être rompue. Rencontrer ma nouvelle amie secrète ajouterait du piquant à ma vie !

Brianna partit tôt dans la soirée. Je n'avais pas vu le temps passer ! Je m'étais vraiment amusée en sa compagnie. J'ai constaté que ça faisait longtemps que je ne m'étais pas sentie aussi bien. Je devais m'avouer que Brianna était une très bonne amie. Je n'avais pas besoin de mon masque en sa présence, je me sentais comprise et acceptée. Je pouvais être moi-même, être authentique sans peur d'être jugée. C'est seulement en enlevant ce masque que je réalisais son poids...

J'agrippai mon journal intime pour y noter les points forts de la soirée. Comme discuté, j'ignorai Brianna toute la semaine à l'école. Les étudiants ne la remarquaient même plus ; elle faisait désormais partie des meubles. Assise à notre table habituelle, je remarquai que mes amies aussi l'avaient rapidement oubliée. Aucune d'elles n'avait semblé éprouver le moindre remords à mettre Brianna de côté. Je les trouvais franchement mesquines. Elles perdaient un peu plus de mon estime chaque jour.

En pianotant sur la table, je me disais que j'avais vraiment hâte de terminer mon secondaire pour enfin les sortir définitivement de ma vie. Encore deux ans à supporter cette mascarade...

Le jeudi, je sentis mon téléphone portable vibrer dans ma poche. Je consultai mes textos. C'était Brianna qui m'avait écrit : « On se voit vendredi ? :) :) » Pourquoi pas ? Je tapai rapidement une réponse tandis que la cloche sonnait déjà le début des cours.

En rentrant chez moi, je marchais d'un pas vif. Je décidai de m'arrêter quelques minutes au cimetière pour avoir quelques instants de tranquillité.

Je parcourais les allées de gazon mal entretenues. Des feuilles mortes commençaient déjà à recouvrir le sol à quelques endroits. Le vent sifflait entre les pierres tombales. Je pris de profondes respirations, presque en méditation.

— Ha !

Je hurlais de peur.

– Hi! Hi! Tu dois apprendre à relaxer ma vielle ! Sinon, tu ne feras pas de vieux os !

Brianna se tenait devant moi, rugissant de rire.

— Toi aussi, tu aurais peur si une folle te sautait dessus dans un cimetière ! dis-je en riant de bon cœur.

Je lui lançai quelques feuilles mortes et nous nous roulâmes en riant sur le sol froid et humide. À bout de souffle et me tenant les côtes qui m'élançaient, je décidai de mettre fin aux hostilités. Reprenant mon souffle, je lui demandai :

— Qu'est-ce que tu fais ici ?

— J'étais curieuse de visiter le cimetière depuis que nous sommes passées devant quand je suis allée souper chez toi. Je voulais voir de quoi tu parlais. C'est vrai que c'est paisible, même avec le vent glacé.

— Effectivement, mais seulement quand il n'y a personne qui vous attaque par derrière ! dis-je en riant.

— Je dois rentrer, ma tante m'attend. On se voit demain !

Je passai chez Brianna le vendredi comme convenu. Mes parents avaient donné leur accord et j'y allais directement après les cours. J'étais curieuse de découvrir sa maison.

Je savais où elle vivait. Cette maison avait toujours attisé ma curiosité. Elle avait surtout stimulé mon imagination. L'habitation semblait enveloppée d'un voile de mystère, comme si un brouillard perpétuel refusait de se dissiper. Son architecture différait des maisons qui l'entouraient. La peinture blanche était défraichie et s'écaillait à certains endroits. Un petit toit angulaire décorait la devanture étroite. L'intérieur semblait toujours sombre et les rideaux étaient souvent tirés. Elle se dissimulait en partie derrière deux énormes chênes rouges qui devaient bien avoir une centaine d'années. Leur tronc imposant formait des ombres inquiétantes.

Rencontrer sa tante m'inquiétait un peu. Elle devait être tout un numéro pour avoir une maison aussi particulière !

Comme prévu, Brianna m'attendait à la sortie des classes. Nous nous étions donné rendez-vous à l'arrière de l'école afin de ne pas attirer l'attention. Nous avons parcouru le chemin ensemble. Je remontai le col de ma veste et enfonçai mes mains dans mes poches. La fin de septembre approchait et le vent d'automne soufflait sur nous.

Brianna demeurait près de l'école. En effet, il ne nous fallut que quelques minutes à pied pour parcourir la distance qui nous en séparait. Arrivées devant la maison de sa tante, elle poussa la porte. Bien que je m'attendais à un décor original, rien ne m'avait préparée à cette vision.

L'intérieur de la demeure ancestrale était effectivement sombre. Des rideaux cachaient partiellement les petites fenêtres. Tous les murs étaient recouverts d'étagères dont les tablettes croulaient sous le poids de pots, de boites de métal rouillé, de vieux livres reliés de cuir, d'herbes séchées... J'étais fascinée. Le nombre incalculable d'objets semblaient classés selon un ordre qui m'échappait. Je m'avançai pour examiner de plus près les articles entassés sur les tablettes. Je n'osais toucher à rien. Durant mon exploration, je découvris une boule de cristal grosse comme une boule de quilles que je n'avais pas remarquée au premier abord. Reposant sur un solide socle de métal poli, la sphère brillait d'une lueur inquiétante. Pourquoi la tante de Brianna accumulait-elle des choses aussi étranges ?

Brianna ne prêta pas attention à ma curiosité. Elle lança avec désinvolture son sac sur le banc de l'entrée et retira ses souliers en les faisant voler d'un coup de pied. J'imagine qu'elle était habituée au style décoratif de sa tante. Après tout, elle vivait avec elle depuis maintenant deux semaines. De plus, elle était elle-même assez étonnante...

Brianna m'invita à faire le tour de la maison. Je me rendis compte avec embarras que, dans ma fascination, j'avais gardé mes souliers. Ma mère aurait rougi de honte devant mon manque de politesse. Je les enlevai donc avec précipitation et suivi Brianna. Elle se dirigea vers le réfrigérateur et en sortit deux boites de jus de pamplemousse. Je pris celle qu'elle me tendait. Je constatai que le reste de la maison était aussi encombré d'objets que l'entrée. J'avais l'impression de pénétrer dans un univers parallèle.

La chambre de Brianna était au deuxième. Je la suivis et nous empruntâmes un escalier étroit et escarpé, presque comme une échelle. C'était typique des maisons centenaires. Pour garder mon équilibre, je posai les mains sur les marches. Au bout, Brianna souleva une grande trappe. J'aboutis au grenier. Sa chambre l'occupait au complet. On pouvait voir les poutres du toit et les murs étaient nus, mais le plancher était recouvert de bois franc fraichement reverni. Quelle superbe chambre ! J'en étais verte de jalousie.

Son lit était placé au fond de la pièce, près de l'unique petite fenêtre carrée. Je découvris que Brianna était loin d'être aussi organisée que sa tante. Des livres ouverts, des emballages de bonbons et des vêtements chiffonnés étaient éparpillés partout dans la pièce. Elle repoussa quelques objets du pied en se frayant un chemin jusqu'à son lit. Elle s'y laissa tomber en rebondissant.

Son désordre me rendait mal à l'aise. Je traversai la chambre sans regarder le plancher pour m'assurer de ne pas découvrir de sous-vêtements sur mon chemin. Contrairement à Brianna, j'aimais les espaces structurés, rangés et épurés. Tout dans ma chambre était très bien classé.

Environ trois fois par année, je vidais entièrement le contenu de mes tiroirs et de ma garde-robe sur mon lit pour en réaliser l'inventaire. Je n'hésitais pas à me départir de tout ce qui ne me servait plus. Chaque fois, je ressentais une grande satisfaction. Mon esprit semblait plus libre quand je savais que je ne possédais que ce dont j'avais besoin, rien de plus, rien de moins. Je trouvais plus facile de retrouver mes possessions préférées ainsi. Ce n'était visiblement pas le cas de Brianna !

Je décidai que, pour l'instant, il n'était pas nécessaire de partager mon obsession du rangement avec Brianna. Malgré tout, je me promettais bien de l'encourager à mettre de l'ordre dans son fouillis plus tard. Pour aujourd'hui, je me contentai de prendre place à côté d'elle sur le lit en m'assurant au préalable que je ne poserais pas mes fesses sur un objet important (ou dégoutant).

Je devais être de retour à la maison à neuf heures. À seize ans, j'étais d'avis que j'aurais dû avoir la permission de rentrer plus tard. Cependant, pour cette fois le couvre-feu m'arrangeait. C'était ma première visite chez Brianna et j'avais une excuse toute préparée pour partir si on ne s'entendait pas aussi bien que prévu. J'avais l'intention de négocier intensément l'extension de mon couvre-feu à la prochaine occasion.

Brianna me lança :

— As-tu lu le journal ? Il y avait un article sur les uniformes. Quelle horreur !

Elle parlait bien sûr du journal de l'école, publication mensuelle réalisée par les étudiants. Nous avons discuté avec animation de l'introduction d'uniformes, la plus récente polémique à l'école. Le conseil des parents d'élèves considérait leur introduction à notre école.

J'étais ravie d'entendre les arguments de Brianna. Enfin un débat de fond plutôt que des conversations futiles et superficielles ! Nous étions bien d'accord pour dire que nous n'avions aucunement l'intention d'accepter de porter d'affreux uniformes. Mes vêtements me permettent de m'exprimer, de montrer au monde qui je suis. Je pouvais comprendre que les parents espéraient ainsi éliminer la discrimination et l'intimidation. Cependant, selon moi, ceux qui aiment rire des autres trouveront toujours des raisons de se moquer. Ils trouveront simplement autre chose à critiquer chez leurs victimes !

Parlant de moqueries, Brianna en avait été victime les premiers jours de son arrivée, mais ça n'avait pas duré très longtemps. Pour une raison mystérieuse, tous ceux qui l'avaient intimidée avaient rapidement perdu tout plaisir à la harceler. Ils l'ignoraient maintenant. Heureusement pour elle. J'avais entendu trop de témoignages de jeunes filles devenant anorexiques ou développant d'autres problèmes d'estime de soi sous l'assaut des railleries.

Sans que je m'en aperçoive, la conversation prit un tour inattendu. Nous parlions à présent de phénomènes inexpliqués. Mon esprit rationnel me dictait que tout ce qui ne s'expliquait pas scientifiquement n'était que des balivernes, mais d'un autre côté mon cœur d'enfant s'accrochait à l'idée, l'espoir que la magie puisse bel et bien exister. Les phénomènes inexpliqués me fascinaient.

J'avais consulté quelques livres sur la magie blanche et tenté quelques expériences, sans obtenir l'effet escompté. Pour ce qui était des extraterrestres, je ne croyais pas que la Terre puisse être la seule planète dans l'Univers qui portait la vie.

Brianna me confia qu'elle s'intéressait particulièrement à la magie. Un déclic se fit dans mon esprit. Tous les bocaux et herbes que j'avais vus dans la cuisine, dans le salon… Les bougies, l'encens… Je savais que tous ces objets pouvaient être utilisés lors de rituels magiques.

— Tu ne crois vraiment pas à la magie ?

— J'avoue avoir tenté à quelques reprises de reproduire un sort pour être riche et belle. Sans résultat comme tu peux le constater ! dis-je en riant jaune.

Brianna se rapprocha de moi et baissa la voix.

— Émilie, je vais te confier un secret, mais promets-moi de ne le révéler à personne. Ni à tes amies, ni à tes parents, ni à ta sœur, ni à aucun étranger même à l'autre bout de la planète.

Prise de curiosité, je hochai la tête. Elle avait un air de conspiratrice. Est-ce que j'allais finalement apprendre pourquoi Brianna était si intrigante ?

— J'habite chez ma tante pour en apprendre plus sur la magie, me chuchota-t-elle au creux de l'oreille, comme si nous étions sous écoute.

J'étais abasourdie. Je me retins pour ne pas éclater de rire. Est-ce qu'elle était vraiment sérieuse ? Je ne savais pas quoi lui répondre. Brianna était donc une illuminée… La magie blanche ! Ce n'était que par curiosité que les gens achetaient ces livres de recettes magiques. Personne ayant la pleine possession de ses facultés mentales ne pouvait croire en ces balivernes !

Embarrassée, je ne savais pas comment réagir. Comment me sortir de ce pétrin ? Je jetai un coup d'œil discret à ma montre. Avec soulagement, je constatai qu'il ne restait plus que quelques minutes avant mon couvre-feu. Mon esprit rationnel reprit le dessus. Je n'avais qu'à prétendre que je la croyais. Dans quelques minutes, je devais partir et je n'aurais plus qu'à l'éviter jusqu'à ce qu'elle me laisse tranquille. Pour une fois, mes amies avaient raison !

— Ah bon ! lui répondis-je, feignant un ton le plus enthousiaste possible.

J'espérais qu'elle ne décoderait pas le ton condescendant de ma remarque.

— Ne sois pas condescendante, me fit-elle remarquer sur un ton dur.

Oups.

— Je peux te prouver ce que je te dis. Demande-moi n'importe quoi, je vais exaucer ton souhait.

Les bras croisés sur la poitrine, elle me défiait du regard. Plus la peine de prétendre la croire. Elle avait tout de suite vu clair dans mon jeu. N'ayant plus rien à perdre, je n'hésitai pas à la narguer :

— La paix dans le monde ?

— Bon d'accord, très drôle. J'avoue que mes pouvoirs ne sont pas si grands ni ne le seront jamais. Demande-moi de faire quelque chose plus proche de nous, à l'école par exemple.

Réfléchissant quelques secondes, je n'eus pas de mal à savoir ce que je souhaitais : que Christian et Maria se séparent et qu'il s'intéresse plutôt à moi ! Ma conscience n'était pas tranquille à l'idée de formuler ce vœu, mais comme il n'y aurait aucune conséquence, aussi bien en profiter pour rêver un peu ! J'allais fermer le clapet à cette prétendue apprentie sorcière. Décidée, je lançai d'un ton de défi :

— Je veux que Christian laisse Maria et m'invite à sortir. Voilà mon souhait.

Loin d'être découragée, Brianna sourit.

— Très bien, dit-elle en se frottant les mains de satisfaction.

Elle s'était déjà levée. Sa confiance n'avait rien pour me rassurer sur son état mental. Elle s'empara d'un vieux livre relié de cuir sur sa table de chevet et parcourut rapidement la table des matières. Visiblement, elle trouva ce qu'elle cherchait et referma le livre d'un claquement. Elle dégagea le centre de la pièce en se servant de ses pieds pour envoyer voler les vêtements qui trainaient, révélant un pentagramme tracé à la craie blanche à même le sol.

Ensuite, elle fourragea dans sa chambre, rassemblant les outils nécessaires à son sort. Elle les déposait à mesure dans le pentagramme. Elle avait réuni une bougie blanche à moitié fondue, des allumettes, une assiette de verre (comme celles de ma mère pour faire ses tartes au sucre !), une feuille d'érable séchée, un feutre, des ciseaux, de l'encens et une aiguille.

Elle alluma la bougie et la plaça au centre de l'assiette de verre. Au moins, elle prenait des précautions pour ne pas faire flamber la maison ! Elle m'invita à venir la rejoindre au centre de la pièce. Je pris place au sol à l'endroit qu'elle me désigna, près du pentagramme. Je me sentais ridicule de me plier à son jeu, mais j'étais tout de même intriguée par tout ce cirque. Moi qui voulais du piquant dans ma vie, j'étais bien servie !

Brianna éteignit la lumière. Elle prit place devant moi, puis alluma le bâtonnet d'encens avec la bougie. Une odeur de roses des bois envahit la pièce. Elle marmonna quelques paroles qui ressemblaient à une prière en envoyant de la fumée dans quatre directions différentes. Les points cardinaux ?

Elle reposa l'encens à côté de la bougie, en sécurité dans l'assiette de verre. Je me sentais à peine un peu plus rassurée. Malgré tout, j'étais curieuse et je voulais voir la suite.

Brianna saisit la feuille d'érable et la plaça au-dessus du bâtonnet d'encens aux arômes de fleurs. Elle roulait la tige entre ses doigts pour faire tournoyer la feuille et l'imprégner de la fumée odorante. Ensuite, elle la plaça sur le sol et s'empara du feutre. Elle inscrivit sur une moitié « Christian » et « Maria » sur l'autre. La lueur de la bougie vacillait, produisant d'inquiétantes ombres sur les murs et le visage de Brianna. Elle affichait une moue concentrée. J'étais médusée par toute cette mise en scène. Elle y croyait vraiment !

Elle prit l'aiguille entre ses doigts et la passa dans la flamme à plusieurs reprises pour la désinfecter. Maintenant, je n'étais pas rassurée du tout. Que voulait-elle faire avec une aiguille ? Elle ne voulait quand même pas utiliser son sang !

Elle me tendit la main. Je compris en un éclair que c'était plutôt mon sang qu'elle voulait utiliser ! J'étais réticente, mais il était trop tard pour reculer. Je lui tendis la main. Elle la prit. Je tendis l'index et me détournai avec appréhension. J'avais chaud. Elle me piqua très légèrement, juste assez pour faire sortir deux minuscules gouttes de sang en pressant le bout de mon doigt. Elle essuya chacune des gouttes en dessous des noms inscrits sur la feuille d'érable.

Satisfaite, elle me donna les ciseaux. Elle m'indiqua du doigt où couper, soit en plein centre de la feuille, pour obtenir deux morceaux symétriques et séparer ainsi les noms de Christian et Maria. Je m'exécutai. Elle prit le morceau de Maria et le passa au-dessus de la flamme pour le bruler. Elle me tendit la deuxième moitié. Je croyais que je devais la bruler aussi, alors je l'approchai de la flamme. Elle intercepta rapidement mon mouvement.

— Non ! Garde-le. Tu verras le résultat.

Elle souffla sur la bougie et éteignit l'encens. Puis, elle ralluma le plafonnier et la lumière m'éblouit. Je retombai brutalement dans le monde réel. Je m'étais laissée entrainer dans ses sornettes, mais maintenant que l'éclairage était revenu à la normale, je me rendais compte du ridicule de la situation. Je voulais partir au plus vite.

Je consultai ma montre et bredouillai à Brianna que je devais y aller. J'étais déjà en retard. Merde. Je descendis les marches d'un pas que je voulais calme, mais je souhaitais sortir de la maison et m'éloigner de Brianna et sa folie rapidement. J'attrapai mon sac à dos et passai mes souliers précipitamment. Au moins, j'avais l'excuse d'être en retard, donc je n'avais pas besoin de m'attarder. Un salut expéditif à Brianna et j'étais partie.

Je marchai à un rythme soutenu jusqu'à la maison. Heureusement, le temps n'était pas trop froid. Je refermai la porte de la maison derrière moi avec soulagement. Je lançai mon sac sur le sol de l'entrée et me dirigeai vers ma chambre. Je lançai un « Bonsoir » rapide à mes parents. Captivés par une télésérie, ils n'eurent pas l'air trop préoccupés par mes quelques minutes de retard. J'étais soulagée de ne pas avoir à leur parler et je ne m'arrêtai pas. J'étais incapable de prétendre que tout était normal et ils l'auraient senti, comme un chien flaire la peur.

Assise en sécurité sur mon lit, j'ouvris la main. Je ne m'étais pas rendu compte que je la tenais toujours. La demi-feuille avec le nom de Christian. Couchée sur mon lit, je l'observai. La goutte de mon sang avait laissé une marque étrange, ressemblant presque à un cœur. Les derniers évènements devaient me causer des hallucinations.

Je déposai la feuille d'érable entre les feuilles de mon journal intime. Je ne savais pas pourquoi, mais je décidai de la garder, même si elle me répugnait. Aussitôt mon journal refermé, je rayai son existence de mon esprit.

Je me sentais déprimée. Je m'étais trompée sur Brianna. Je croyais que j'avais enfin trouvé une amie sur qui je pourrais compter, avec qui je pourrais tout partager et qui pourrait faire la même chose avec moi. Je m'étais malheureusement trompée ! Ma solitude me frappa de plein fouet.

Est-ce que la vie deviendrait plus facile ? J'avais l'impression que chaque année, ma vie se compliquait davantage. Je pris mon lecteur MP3 et appuyai sur la touche de lecture aléatoire. Je formai une bulle impénétrable autour de moi. Je broyais du noir.

J'étais seule au monde, une bête étrange échouée parmi des êtres humains aux croyances, fonctionnement et langage que je ne comprenais pas. Je ne pouvais m'intégrer qu'en portant un masque qui commençait drôlement à me peser. Combien de temps encore pourrai-je le supporter ?

Je m'endormis à bout de force, les yeux rougis par des larmes brulantes de déception.

33

CHAPITRE 4

Le lendemain matin, je pris la résolution de laisser cette affreuse soirée avec Brianna derrière moi. La vie était trop courte pour la gaspiller à s'apitoyer sur son sort, non ? Il ne servait à rien de me morfondre.

Dans seulement deux ans, je finirais mon cours secondaire et je pourrais étudier loin d'ici.

Malgré tout, je décidai de tirer le meilleur parti possible du temps restant avant d'aller à l'université.

On était samedi. Je jouais au tennis avec ma mère cet après-midi. C'était notre moment exclusif entre femmes. Le tennis était le seul sport que je pouvais pratiquer. J'étais complètement nulle dans tous les autres.

J'étais distraite sur le terrain. Les balles me frôlaient. J'étais lente à réagir. J'ai même laissé tomber ma raquette, qui s'envola par-dessus le filet. Ma mère me battit à plate couture. J'étais en nage.

Sur le chemin du retour, ma mère me questionna. Elle avait remarqué que je n'étais pas dans mon assiette. Quand elle se buta à mes grommèlements et à mes réponses vagues, elle décida avec sagesse de me laisser ruminer tranquille.

Le lundi matin, j'arrivais à l'école à reculons. Je me sentais épuisée. Je me demandais si j'allais passer à travers la journée. Je me suis déplacée jusqu'à mon premier cours : sciences. Au moins, un point positif pour commencer la journée : l'enseignant était agréable à regarder !

Toutes les étudiantes souhaitaient avoir Martin Tremblay comme enseignant. J'avais même déjà vu Lucie lui faire de beaux yeux et battre des cils pour lui. Mais je savais qu'il était marié, mais surtout beaucoup trop professionnel pour avoir une quelconque relation avec une élève. Malgré tout, plusieurs étudiantes avaient joué de leurs meilleurs atouts, sans succès.

L'enseignant paressait en pleine forme ce matin, contrairement à moi, qui affichais de larges cernes gris sous les yeux. Il nous annonça avec entrain :

— Nous allons participer à la compétition provinciale de formation de cristaux ! C'est la 20e édition cette année et je compte bien me rendre en finale avec vous. Les deux meilleures équipes représenteront notre école à Montréal avec leurs cristaux, alors faites de votre mieux !

Je n'avais aucune idée de ce dont il parlait. Comment « fabriquer » et « faire grandir » un cristal ? Compétitive, je portais attention à ses explications. J'avais l'habitude de m'inscrire à toute sorte de concours et celui-ci arrivait au bon moment. Ça me changerait les idées et me permettrait peut-être d'aller à Montréal !

Excité, M. Tremblay parcourait la classe de long en large en nous expliquant la marche à suivre.

— Le processus est simple. Pour commencer, vous devez préparer une solution d'eau et de sel. Cette année, le sel à utiliser est le sulfate de cuivre pentahydraté. Une fois la solution préparée, des dépôts s'amasseront dans le fond. Nous récolterons les plus beaux au prochain cours.

Un « beau » cristal ? Comment savoir si un cristal est beau ?

— Nous les suspendrons ensuite dans un bécher rempli de la solution salée. Le travail ne fera que commencer à cet instant ! Mais je vous en dirai plus à ce moment. Pour l'instant, nous ne ferons que préparer la solution.

Tout ce processus me semblait intéressant, mais je n'aimais pas trop les travaux d'équipe. Sans grand enthousiasme, je me retournai pour voir avec qui je pourrais bien faire équipe. Je réalisai que je m'étais activée trop tard : tous les autres étudiants avaient déjà formé leur équipe ! La seule personne libre, au fond de la classe... Brianna. Pourquoi est-ce que le hasard faisait si mal les choses ? La poisse s'acharnait sur moi. Je n'avais aucune envie de me retrouver avec elle ! J'en avais déjà la chair de poule.

— Tout le monde a un partenaire ? lança l'enseignant. Bien. Venez chercher le feuillet d'instructions sur ma table, les sacs de sulfates de cuivre pentahydratés sont ici à l'avant et le reste du matériel se trouve dans les armoires à côté de la porte.

Tous les étudiants se levèrent et commencèrent à s'installer dans une cacophonie joyeuse. Je me dirigeai vers Brianna. Je lui dis :

— Je m'occupe du sac, occupe-toi du reste.

Elle acquiesça. Elle avait l'air plus emballée que moi à l'idée de faire équipe ensemble. Nous nous sommes installées au fond de la classe. Je lus attentivement le feuillet d'instructions préparé par notre enseignant. Il fallait commencer par faire bouillir l'eau distillée. Ensuite, j'ai dilué une quantité impressionnante de sel dans l'eau. Brianna vérifiait chacun de mes mouvements.

— Alors, pas de nouvelles de Christian ? me chuchota Brianna.

Pas question de me lancer sur ce terrain glissant ! Elle aurait dû être internée.

— Brianna, je dois me concentrer. Je veux vraiment réussir cette expérience.

— D'accord, consentit-elle, visiblement déçue.

Une fois la solution prête, je la versai dans un bécher. Il ne restait plus qu'à attendre la formation des premiers cristaux de sel. Le cours s'achevait déjà et je me dépêchai de ranger le matériel.

Le mardi, au cours suivant, je me dirigeai directement vers notre bécher afin d'y découvrir les minuscules cristaux qui s'étaient déposés dans le fond durant la nuit. Satisfaite, je pris ma place. La cloche annonçant le début du cours résonna et tous les élèves s'assirent à leur place respective.

— Alors, excités ? Aujourd'hui, nous allons effectuer la partie la plus critique du processus. Il faut maintenant choisir le cristal qui se rapproche le plus de la forme recherchée. Voici une photo de ce à quoi devra ressembler votre cristal.

Le projecteur montrait une image agrandie de sulfate de cuivre pentahydraté.

— Videz vos béchers et examinez vos cristaux. Sélectionnez-les judicieusement selon la taille et la forme. Après, il vous faudra suspendre votre cristal dans un bécher rempli à nouveau de la solution d'eau et de sel. La sursaturation causera l'accumulation des particules sur toutes les facettes de votre cristal.

Nous reformâmes nos équipes. J'étais pressée de voir le résultat. Je vidai la solution avec précaution pour en sortir les cristaux, mes bébés.

— Brianna, examine ceux-ci et choisis les trois plus beaux. Je fais de même et ensuite nous pourrons choisir le meilleur.

— Bonne idée !

J'examinai méticuleusement ma moitié de petits cristaux de sulfate de cuivre pentahydraté un par un, les comparant à la photo projetée sur le mur. J'en sélectionnai trois qui me semblaient particulièrement prometteurs.

M. Tremblay circulait entre les équipes.

— Alors les filles, avez-vous trouvé notre prochain gagnant ?

Je lui montrai nos six meilleurs cristaux.

— Très bien ! Je vous conseille d'utiliser celui-ci. Même s'il est un peu plus petit, il a la forme idéale.

Convaincues, nous suspendîmes le cristal dans la solution à l'aide d'un minuscule fil. À peine avions-nous fini que la classe se terminait. Il nous restait à ranger notre matériel en vitesse avant de sortir pour la pause. L'enseignant s'époumona par-dessus le brouhaha des élèves pour nous dire que nous pouvions venir le midi pour prendre soin de notre cristal.

— Remplacer l'eau sursaturée fréquemment favorisera la croissance du cristal. Aussi, il faut filtrer les impuretés et retravailler la forme souvent pour éviter les imperfections !

Comme je n'étais pas très bonne en sport, mon esprit de compétition devait immanquablement se manifester dans d'autres champs d'activité. De plus, je n'allais pas laisser passer l'occasion de voir le beau M. Tremblay plus souvent ! Je décidai de bien m'occuper de mon cristal en venant régulièrement. Je doutais fort que Brianna se pointe, car elle ne semblait pas prendre l'expérience trop au sérieux.

C'était sans compter sur ma malchance notoire. Le lendemain midi, quand je poussai la porte de la classe, elle était déjà au poste, en train de préparer une nouvelle solution. Elle se retourna quand elle m'entendit entrer. Je ne pouvais pas faire marche arrière maintenant qu'elle m'avait vu. Je ne voulais pas fuir. Je devais prouver mon courage.

Cette activité me força à collaborer avec elle et à encore mieux la connaitre. Chaque fois, ses pensées percutantes, sa franchise et son humour m'enchantaient. Elle disait toujours : si tu veux laisser ta marque, évite de marcher dans la trace des autres. Quelle philosophie ! Est-ce que le coup de foudre amical existait ? Car, malgré tout ce que j'avais découvert sur Brianna, je sentais que je ne pouvais faire autrement qu'être son amie. Et c'était réciproque. On avait un plaisir fou à se retrouver les midis. Aucune chance que mes amies nous voient ensemble ici : elles n'avaient aucun intérêt pour ce projet !

Le vendredi, j'avais mon cours d'espagnol avec Christian. Je le trouvais franchement bizarre dernièrement. Il m'avait souri à plusieurs reprises quand je l'avais croisé cette semaine et je le surpris plusieurs fois à me regarder durant le cours. Est-ce que le vent aurait finalement tourné en ma faveur ? Les filles m'avaient raconté qu'il avait rompu avec Maria lundi matin. La délectation avec laquelle Estelle m'avait raconté en détail la crise de larmes de Maria me dégoutait. Depuis, Maria se promenait la tête basse et les yeux rouges. Elle ne se maquillait même plus ! J'avais un peu de peine pour elle, mais en même temps, c'était une bonne nouvelle pour moi.

Ça signifiait que Christian était libre désormais.

Quand la cloche résonna, je rassemblai mes livres et me levai précipitamment. Ne regardant pas où j'allais, je fonçai droit dans Christian et laissai tomber tous mes livres. Il se pencha pour m'aider à les ramasser pendant que la classe se vidait.

— Désolée, bredouillai-je, confuse.

— Pas de problème, c'est moi qui me suis avancé pour venir te parler.

Je rougis comme une pivoine. Christian voulait me parler ? Pourquoi ? Je me rendis compte que j'avais cessé de respirer. Je dus consciemment forcer mes poumons à se remplir d'air.

— Ah… dis-je en lui souriant d'un air niais.

— J'aimerais t'inviter à souper demain. Enfin, si tu es libre…

— Oui !

Un peu trop rapide comme réponse ! Est-ce que je n'avais pas suffisamment fantasmé sur ce jour pour sortir une réplique plus intelligente, sensuelle, intéressante ? Comme d'habitude, la réplique parfaite me viendrait plus tard dans la journée.

Christian semblait ravi. Il m'éblouit avec ses magnifiques dents blanches.

— Parfait, je passe te prendre à six heures. Tu aimes le restaurant Italiani ?

J'aurais accepté de manger dans un dépotoir si c'était là qu'il m'invitait. Mais Italiani, c'était le restaurant le plus haut de gamme de la ville ! J'étais dans tous mes états. Mes jambes étaient molles comme du coton ! Je posai la main sur la table derrière moi pour me retenir. Je tentais de dissimuler mon geste.

La seule réponse que je réussis à prononcer fut :

— Oui !

Un exemple éloquent d'originalité de ma part ! Il se retourna et partit en souriant. J'avais complètement figé. J'allais devoir trouver une liste de sujets à aborder pour la soirée, car je ne voulais pas improviser devant Christian. Il me faisait perdre tous mes moyens et je ne me fiais pas à mon cerveau pour trouver quelque chose d'intelligent à dire. Après tout, il venait de me faire cruellement défaut.

La cloche pour le prochain cours me sortit de ma torpeur. Je me précipitai vers ma case pour récupérer mes livres pour mon cours d'art plastique. En chemin vers ma classe, je croisai Brianna. Je ne pus résister à l'envie de lui annoncer la nouvelle. Comme nous étions censées nous ignorer, elle allait passer à côté de moi sans un regard. Je voulais à tout prix lui parler, alors je l'arrêtai en lui prenant le bras. Elle se retourna.

— Brianna ! Christian m'a invitée ! On va souper chez Italiani demain ! lui dis-je en tentant de ne pas hurler de joie.

Je ne tenais pas à attirer l'attention sur nous et encore moins alarmer toute l'école.

— Alors ça a marché ! me dit-elle en me faisant un clin d'œil et continuant son chemin.

Je demeurai interdite. La deuxième sonnerie résonna. J'étais en retard à mon cours ! Je me mis à courir en direction de ma salle de classe. Essoufflée, je me laissai tomber lourdement sur ma chaise.

J'étais incapable de me concentrer. En quelques mots, Brianna avait complètement brisé mon enthousiasme. Un terrible doute s'insinua dans mon esprit. Est-ce que Christian s'intéressait vraiment à moi ou agissait-il sous l'emprise du sortilège de Brianna ? C'était impossible. La magie n'existait certainement pas. Mais que Christian laisse tomber Maria et se mette soudainement à s'intéresser à moi était improbable. Pourtant, c'était arrivé.

Je n'ai rien entendu de ce que l'enseignant a dit durant le cours. La cloche sonna la fin des cours. Je me levai comme un automate. Je n'ai pas plus vu le chemin du retour. Je mangeai mon souper distraitement, sans participer à la conversation.

Allongée sur mon lit, je pris une décision. J'allais profiter de chaque moment de ma soirée avec Christian J'avais attendu ce jour tellement longtemps que j'étais déterminée à sauter sur l'opportunité qui se présentait à moi sur un plateau d'argent. Et même s'il s'intéressait à moi simplement à cause du sort de Brianna, j'étais convaincue que je parviendrais à le séduire pour vrai avec ma personnalité. Il ne lui fallait qu'un petit coup de pouce pour me remarquer. Je repoussai mes doutes dans un recoin de mon subconscient et je décidai de ne plus y penser.

Le samedi soir, j'étais dans tous mes états. J'avais vraiment eu du mal à trouver quoi porter. Mon lit était recouvert de vêtements que j'avais essayés. J'étais à peu près satisfaite de l'image que mon miroir me retournait. J'avais remonté mes épais cheveux en un chignon sophistiqué et relâché. Quelques boucles m'effleuraient le visage. Je portais une jupe noire et un haut gris avec des manches en dentelles grises. J'avais passé à mes pieds pédicurés les délicates sandales que j'avais portées au mariage de ma cousine l'été précédent. J'ai mis un peu de maquillage, mais pas trop. Je ne voulais pas non plus avoir l'air d'une fille désespérée qui mettait le paquet ! De longues boucles d'oreilles argentées complétaient mon ensemble.

La sonnette de l'entrée se fit entendre. J'avais des papillons dans l'estomac. Plus le temps d'hésiter sur mon look. Je m'emparai de ma sacoche noire avec empressement et me précipitai pour répondre à la porte en gravissant les marches deux à deux. J'arrivai juste à temps. Mon père ouvrait déjà la porte à Christian. Je n'avais aucune envie qu'il lui fasse subir un interrogatoire en règle. Ça aurait été vraiment trop embarrassant.

Entrainant Christian par le bras, je lançais sans me retourner un bref « bonne soirée ! » à mon père. Première gaffe évitée.

Christian avait emprunté la voiture de son père pour l'évènement. Une superbe Mercedes décapotable noire était stationnée au bout de l'allée. Beau et riche. Je sifflai d'admiration devant le véhicule.

— J'ai passé la journée à l'astiquer ! s'enorgueillit Christian.

Il fit le tour du véhicule pour m'ouvrir la porte. C'était romantique ! Je m'installai à bord et il se dépêcha à gagner son siège. Mes mains étaient moites de nervosité. Je les essuyai discrètement sur le tissu de ma jupe. Le silence pesait dans l'habitacle, me rendant doublement plus nerveuse. Je devais trouver quelque chose à dire. Toute la liste d'idées que j'avais préparée mentalement s'était effacée de mon esprit. Je me rabattis sur la première question qui me vint :

— Alors…

— Que penses…

Nous avions parlé en même temps ! Moment encore plus embarrassant.

— Qu'est-ce que tu disais ?

— Ah, eh… Que penses-tu de la voiture de mon père ?

— Super ! Elle est super !

Bravo ! Quelle démonstration impressionnante d'éloquence ! Je me retins de ne pas me donner une tape dans le front. Ça s'annonçait prometteur pour le reste de la soirée…

Au restaurant, le serveur nous installa à une table ronde couverte d'une belle nappe blanche empesée. Nous étions dans un coin tranquille et la discrète lumière d'une petite bougie vacillait, créant des ombres sur le délicieux visage de Christian. Les premiers moments de gêne passés, je réussis à me détendre un peu et la conversation devint beaucoup plus fluide.

Le repas était délectable et Christian d'agréable compagnie. Quand arriva le dessert, je riais aux éclats. Les yeux de Christian brillaient. Il n'en était que plus irrésistible.

Debout devant la porte de ma maison, je me perdis dans ses sublimes yeux. Sans y penser, je me penchai vers lui pour lui donner un baiser. Il ne se fit pas prier pour m'embrasser en retour. Je me sentis fondre de bonheur.

— Bonne nuit, me souhaita-t-il en caressant ma joue.

Je lui souris. Il remonta dans la voiture et démarra. Ouf ! Quelle soirée parfaite ! J'en avais mal aux joues de sourire autant. Je rentrai silencieusement dans la maison. Mes parents regardaient la télévision dans le salon.

— Alors ? demanda ma mère, incapable de retenir sa curiosité.

— J'ai passé une superbe soirée ! répondis-je.

Je n'avais pas l'intention d'en dire plus. J'étais trop pressée d'aller consigner dans mon journal les moindres détails de cette soirée ! Je ne voulais rien oublier.

Je courus dans ma chambre, poursuivie de mon chat. Je le laissai entrer et refermai la porte. Je pris mon journal dans mon tiroir et le déverrouillai. Installée sur mon lit, mon chat ronronnant à mes côtés, je relatai toute la soirée avec précision. Au fur et à mesure de mon récit, mon enthousiasme diminuait. Les mots de Brianna refirent surface. Ils me hantaient. Et si Christian ne s'intéressait pas vraiment à moi ? Si le sort de Brianna le poussait à agir ainsi avec moi ? Je ne voulais pas vivre un amour faux, obligé. Je voulais me sentir aimée pour moi, avec mes qualités et mes défauts. L'amour artificiel n'avait rien à voir avec ça.

Je récupérai la moitié de feuille d'érable placée à la dernière page de mon journal. Couchée sur mon lit, je retournais le tout dans ma tête. Je conclus qu'il n'y avait qu'une solution. Je devais demander à Brianna de briser le sort. Seulement ainsi, je saurais si Christian m'aimait pour moi ou non. Une fois qu'elle aurait pratiqué la cérémonie pour annuler son sort, je n'aurai qu'à voir la réaction de Christian.

Comment n'y avais-je pas pensé plus tôt ? Une fois cette décision prise, je pus facilement m'endormir.

Le lundi suivant, je décidai d'aller m'occuper de mon cristal durant la pause du diner. Je me doutais bien que Brianna y serait aussi et que j'aurais l'occasion de lui parler de mon plan. Comme prévu, elle arriva en même temps que moi. Une fois l'eau distillée sur le feu, je pris une grande inspiration et je me suis lancée.

— Brianna, il faut que tu annules le sort que tu as jeté à Christian.

— Ah oui justement ! Je voulais que tu me racontes tous les détails de ta soirée avec lui ! Vu ta demande, j'imagine que ça ne s'est pas déroulé comme prévu.

— Non, non, ce n'est pas ce que tu penses. Il a été très gentil, la détrompai-je.

Je souris en me remémorant ma soirée.

— Il m'a tellement fait rire ! Je trouve que nous avons beaucoup en commun. On s'est même embrassés sur le pas de ma porte ! Il embrasse tellement bien ! Ses lèvres sont vraiment douces et chaudes.

Mon regard brillait à ce souvenir. Les yeux de Brianna, eux, n'étaient pas remplis d'étoiles comme les miens. Ils étaient plutôt pleins de points d'interrogation.

— Alors ? Pourquoi veux-tu que je brise le sort ? Je n'y comprends rien.

Son cynisme me ramena brusquement les deux pieds sur terre. Est-ce que je devais lui exposer mes doutes ? Je me mis à mélanger distraitement la solution. Je ne voulais pas l'entendre me dire que Christian ne serait plus intéressé à moi une fois le charme rompu… J'aimais penser qu'il m'aimerait toujours après. Je ne voulais pas perdre espoir. Non. Je préférais garder mes réflexions pour moi.

Brianna attendait toujours ma réponse.

— C'est mon choix, lui répondis-je brusquement en espérant qu'elle ne chercherait pas plus loin.

— Très bien, dit-elle d'un ton excédé. Pas besoin de t'énerver !

— Merci, murmurai-je en retournant à notre cristal.

Je voulais régler ce problème le plus tôt possible et je lui proposai d'aller chez elle dès ce soir. Elle accepta.

— N'oublie pas d'apporter la moitié de feuille d'érable marquée du nom de Christian. J'en aurai besoin.

Heureusement que je l'avais gardée ! J'arrivai à sa maison après le souper. Brianna m'ouvrit la porte. Pressée d'en finir, je poussai Brianna vers l'escalier pour monter à sa chambre. Elle avait déjà rassemblé ses accessoires sur le plancher. Le pentagramme était dégagé. Comme la dernière fois, elle alluma une bougie et me fit signe de prendre place au sol. Face à face, la bougie entre nous, elle alluma le bâtonnet d'encens. Je remarquai que cet encens ne sentait pas comme celui de la première fois. Cette odeur agréable me rappelait celle d'une forêt de conifères au printemps. L'inquiétude me submergea.

— Brianna, n'oublie pas que je veux simplement annuler le sort et non faire en sorte que Christian me déteste !

— Ne t'inquiète pas, ce n'est pas la première fois que je dissous un sort.

Elle semblait contrariée par mes doutes.

— Tu as apporté la feuille ?

J'acquiesçai. Je la sortis de mon sac à main et la déposai sur le sol. Satisfaite, elle continua en envoyant la fumée du bâton d'encens dans quatre directions différentes. En effectuant ces gestes, elle récita une incantation. Elle prit la moitié de feuille d'érable et la déposa dans le creux de sa main. Avec le pouce de son autre main, elle broya la feuille avec des mouvements circulaires vigoureux. La pauvre feuille desséchée craquait dans sa main en un millier de petits morceaux. Elle referma la main sur cette poussière.

Brianna se leva. Je ne bougeais pas, redoutant qu'un faux mouvement cause une interférence dans le procédé. Brianna se dirigea vers l'unique fenêtre de la pièce et l'ouvrit grande. Elle passa la main par l'ouverture et déplia les doigts. Un coup de vent souleva les particules contenues dans sa paume. Elle se retourna vers moi, satisfaite.

— Voilà ! C'est fait. J'espère juste que tu ne regretteras pas l'opportunité que je t'avais donnée avec Christian.

— Je saurai vivre avec les conséquences, quelles qu'elles soient, maugréai-je.

— Souffle la bougie, veux-tu ?

Je soufflai dessus. Soulagée, je me levai. Au moins, je n'avais pas eu à contribuer avec mon sang cette fois. Un frisson de dégout me parcourut l'échine à ce souvenir.

— Merci Brianna. Je dois partir maintenant.

Brianna avait l'air déçue que je parte si tôt, mais approuva d'un signe de tête. Elle me raccompagna jusqu'à la porte. Je remis mes souliers.

— À demain ! lui lançai-je en franchissant le seuil de la porte.

Elle me fit un signe de la main et referma la porte derrière moi.

Je marchais le cœur léger. Je sentais que j'avais fait le bon choix et j'étais prête à en assumer les conséquences.

Le mardi matin, j'étais assise à notre table habituelle avec mes amies. Le brouhaha incessant des étudiants profitant de la pause avant les cours m'étourdissait. Mes oreilles bourdonnaient. Je n'arrivais pas à me concentrer sur la conversation des filles. Je n'avais pas encore vu Christian et je ne pouvais plus supporter de ne pas connaitre ses sentiments envers moi. Je voulais savoir s'il s'intéressait encore à moi ! Des papillons me barbouillaient l'estomac.

En me rendant à mon casier, je le vis discuter avec ses amis. Ses yeux se plantèrent dans les miens. Plein d'espoir, je lui fis mon plus beau sourire en me dirigeant vers lui. Il répondit à mon sourire avec gêne et se retourna vivement vers ses amis. Il se mit à parler fort et à s'engager dans la conversation. Message reçu !

Je rebroussai chemin en baissant la tête. Je ne tenais pas à m'humilier davantage. Son langage non verbal m'avait déjà tout dit et j'aurais dû être aveugle pour l'ignorer. Je sentis mes yeux se remplir d'eau. Pas question de pleurer ici !

Je me précipitai vers mon casier pour récupérer mes livres. Je décidai de redoubler de concentration dans mes cours pour tenter de ne pas y penser. J'aurais tout le loisir de m'apitoyer sur mon sort ce soir dans ma chambre, à l'abri des regards, et vider le puits de mes yeux.

C'était plus facile à dire qu'à faire ! Mes cours étaient d'un ennui mortel et je ne pouvais empêcher mon esprit de vagabonder. Je retournais tous les évènements dans ma tête. Je voyais chaque mouvement de l'aiguille de l'horloge, au ralenti. Tic, tac, tiiiiiiic, taaaaac… La sueur perlait sur mon front. Je n'en pouvais plus ! Je commençai un projet d'art d'envergure dans mon agenda. Je coloriai frénétiquement tous les petits carrés tracés avec minutie.

À l'heure du diner, je n'en pouvais plus. Pour la première fois de ma vie, je décidai de manquer mes cours et de rentrer à la maison. Je courus presque sur le chemin du retour, sentant des larmes me piquer les yeux.

Je débarrai la porte de ma maison en vitesse et entrai. J'envoyai voler mes souliers de deux coups de pied agiles et courus dans ma chambre. Je sortis mon journal intime de mon tiroir, mis mon lecteur MP3 en marche et pris place sur mon lit. Je ressentais un besoin viscéral d'évacuer mes sentiments et de les déposer sur le papier pour me sentir mieux. J'ouvris le cahier à la bonne page. La main figée dans les airs, le crayon pointé, je ne voyais plus rien. Des larmes m'emplissaient les yeux et roulaient sur mes joues. Dépitée, je me jetai sur mon lit et pleurai chaudement contre mon oreiller. Enzo le chat vint me rejoindre et ronronna à côté de mon visage. Sa présence me réconforta un peu. Je le pris contre mon cœur et le flattai. Les larmes coulaient moins maintenant, mais elles ne se tarissaient pas. Mon cœur était tellement lourd !

Encore une fois, je repris mon journal pour y déverser ma souffrance entre ses pages. Je devais mettre des mots sur ma douleur. Je me redressai pour m'assoir, les jambes croisées, déposant Enzo sur mes jambes ainsi repliées. Je pris mon crayon à mine et commençai à griffonner tout ce qui me passait par la tête.

Au bout d'une heure à noircir avec frénésie les feuillets lignés, la fatigue s'empara de moi. Toutes ces émotions éprouvantes m'avaient drainée de toute mon énergie. Accablée, je déposai la tête sur l'oreiller. J'espérais que le sommeil m'apporterait un peu de réconfort.

Je ne me réveillai qu'à l'arrivée de ma mère. Elle me trouva étendue sur mon lit.

— Émilie ! Mais qu'est-ce que tu fais là ! me chuchota ma mère pour me réveiller.

Elle s'assit sur le bord du lit et me secoua légèrement.

— Tu n'étais pas à l'école aujourd'hui ? me demanda-t-elle d'un ton incrédule. Tu es malade ?

Déjà, elle pressait le dos de sa main contre mon front. J'étais soulagée d'entendre son ton compréhensif. Elle savait que je devais avoir une bonne raison de manquer les cours, car c'était inhabituel pour moi. Je sentis les larmes ressurgir.

— C'est Christian, me lamentai-je en essuyant mes yeux bouffis. Il ne s'intéresse plus à moi.

— Comment ça ? Qu'est-ce qui s'est passé ?

Excellente question. Je tentais moi-même de trouver une explication rationnelle. Je n'étais pas pour lui dire que c'était à cause du sort de Brianna que Christian s'était intéressé à moi pour commencer et que maintenant que nous l'avions annulé, il ne voulait plus rien savoir de moi… Pourtant, j'avais analysé chaque parole et chaque mouvement depuis ma soirée avec lui et je ne trouvais rien qui aurait pu lui déplaire. Je ne comprenais vraiment rien aux garçons.

— Je ne sais pas, m'exclamai-je en toute franchise.

— Ne t'inquiète pas. Quand tu trouveras la bonne personne, elle t'acceptera sans condition, avec tes qualités et tes défauts.

— Peut-être, mais ça fait tellement mal. J'espère ne jamais retomber en amour.

Je tapais rageusement sur mon oreiller de plumes.

— Ne dis pas ça. Le seul remède à ta douleur est le temps. Je sais, c'est cliché, mais tu verras qu'avec le temps, toutes les peines s'atténuent.

Elle replaça une mèche derrière mon oreille. Elle avait probablement raison, mais c'était bien la dernière chose que je voulais entendre. Mon cœur était serré. Elle resta quelques instants à me flatter le dos pour tenter de me réconforter. J'imagine qu'il n'y avait rien d'autre à dire. Je ne pensais pas qu'il était possible d'éprouver une telle souffrance.

— Est-ce que tu veux que je t'apporte ton souper dans ta chambre ?

Je rabattis la couette sur ma tête en grognant. Je n'avais pas faim. Mon estomac se serrait. Ma mère comprit et sortit de la chambre. Je retombai dans un sommeil salvateur.

Au beau milieu de la nuit, mon ventre me réveilla en gargouillant intensément. Le souvenir de Christian me revint immédiatement en mémoire. Une bombe de douleur explosa en moi et affecta tous mes membres. Néanmoins, mon estomac continua à se lamenter et je me décidai finalement à monter à la cuisine manger un morceau.

J'ouvris la porte du réfrigérateur. J'examinai son contenu en prenant soin d'éviter de faire du bruit. Je n'eus pas à chercher bien longtemps : ma mère m'avait préparé un petit plat rempli des restes du souper. Merci maman ! Je déposai le tout dans le four à microondes en espérant que sa sonnerie ne réveillerait pas mes parents. Mon estomac s'impatientait. Je sortis le plat avec précaution pour éviter que la vapeur ne me brule les doigts. Je m'installai à la table silencieuse et dégustai mon repas. Malgré ma tristesse, la vie continuait. J'étais maintenant fixée sur les sentiments authentiques de Christian à mon égard. C'est moi qui l'avais voulu ainsi, malgré l'avertissement de Brianna. Je devais accepter le résultat.

Mon ventre bien rempli, je me rendis compte que je n'avais vraiment plus sommeil. C'était compréhensible : j'avais dormi tout l'après-midi. Quoi faire pour passer le temps ? Je me dirigeai paresseusement vers le sofa et allumai le téléviseur. Je réglai le volume au minimum, à peine assez fort pour entendre. Je zappais d'un publireportage à l'autre, incapable de trouver une émission qui retiendrait mon attention.

Je me réveillai le lendemain dans le salon. J'imagine que je m'étais assoupie devant l'offre « incroyable » de la batterie de cuisine SuperFlex Turbo. Je m'étirai. Déjà, je me sentais un peu mieux. Je savais que j'avais fait le bon choix en annulant le sort, même si les conséquences étaient lourdes à porter et que mon cœur en souffrait.

La maisonnée se réveillait en même temps. Lorsqu'elle m'aperçut sur le sofa, ma petite sœur courut me rejoindre et profita du fait que j'étais encore allongée sur le sofa pour me sauter dessus et me faire un gros câlin. Je le lui rendis avec bonheur. Ma mère se pointa et sourit en nous voyant ainsi enlacées.

— Je crois que tu auras besoin de mon fond de teint ce matin ma chérie. Ton visage est dans un état pitoyable.

Elle se pencha pour prendre un sac de glace dans le congélateur.

— Dépose ça sur tes yeux un instant, me conseilla-t-elle. Ça fera désenfler tes yeux.

Je courus me regarder dans le miroir et, indubitablement, j'avais intérêt à suivre ses directives. Je plaçai le sac sur mes yeux et patientai en espérant que l'effet se ferait bientôt sentir. Effectivement, à mon grand soulagement, après quelques minutes de traitement mes yeux étaient plus présentables malgré qu'ils étaient encore rougis. Je mis un peu de fond de teint comme ma mère me l'avait suggéré. Déjà, j'avais l'air plus en forme. Pas question de donner à Christian la satisfaction de me voir dans un état lamentable.

Je pris mon courage à deux mains pour franchir la porte de la maison. Je m'attendais à être assaillie de questions par mes amies au sujet de mon absence qui n'était surement pas passée inaperçue. Je soupirais en imaginant l'interrogatoire qui m'attendait. Autant affronter les conséquences de mes actes tout de suite pour passer à autre chose le plus tôt possible.

Comme prévu, je n'avais pas encore pris place à notre table que mes amies m'assaillaient déjà de questions.

— Où étais-tu ? Tu as manqué la vidéo dans notre cours d'histoire, se désola Caroline.

— Tu m'avais dit que tu me montrerais un livre à la bibliothèque. Je t'ai cherché et je ne t'ai trouvé nulle part ! affirma Estelle sur un ton de reproche.

Je pris place et pris une grande respiration pour débiter l'explication que je m'étais fabriquée en chemin pour l'école.

— J'avais un rendez-vous chez le dentiste. J'avais complètement oublié. Ma mère a dû m'appeler pour me le rappeler et comme j'étais déjà en retard, je suis partie précipitamment.

— Ah, bon, dit Joe.

Les filles semblaient déçues de ne pas avoir de potins croustillants à se mettre sous la dent. Tant pis pour elles. Il n'était pas question que je partage ma déception et ma peine. Je n'avais pas envie qu'elles découvrent mon désarroi et s'en régalent. Bien sûr, elles savaient déjà que Christian me plaisait, mais je n'avais aucune envie de leur raconter les évènements des derniers jours.

Avec ma vision périphérique, je vis Christian avec Maria. Je les observais discrètement, le cœur en miettes. Les bras croisés, elle écoutait sa supplique. À voir son expression, il la suppliait de lui pardonner et voulait redevenir son amoureux. Je me détournai tristement. Que de douleur inutile j'avais causée ! Mon estomac se serra de culpabilité.

Sur l'heure du midi, mon sandwich au thon dument avalé, je retournai m'occuper de notre projet dans le local de science. Brianna était déjà là. Je m'attendais à ce qu'elle m'assaille de questions elle aussi. Étonnamment, elle agissait comme si rien ne s'était passé.

Décontenancée, je me demandai pourquoi elle n'était pas curieuse de connaitre la suite avec Christian. Comme c'était la seule qui connaissait l'histoire complète, je décidai d'aborder le sujet avec elle en espérant ainsi me libérer un peu de mes sentiments négatifs.

— J'ai revu Christian hier.

Elle ne se retourna même pas. Elle diluait avec attention les cristaux de sulfate de cuivre pentahydraté pour former la solution.

— Hum.

— Il n'avait pas l'air d'avoir envie de me parler.

— Hum.

— J'ai dû faire quelque chose qu'il n'a pas apprécié. J'ai gâché mes chances avec lui. Pourtant, il m'a embrassé vendredi. J'ai repassé toute la soirée dans ma tête encore et encore… Ce matin, il discutait avec Maria !

Je parlais si vite que je me rendis compte que j'étais essoufflée. Brianna m'interrompit et j'en profitai pour reprendre mon souffle.

— Écoute Émilie, je ne voulais pas en reparler, mais comme je vois que cette histoire te préoccupe, je dois être honnête avec toi. Christian ne s'intéresse pas à toi. Tu ne l'as jamais intéressé, tout simplement. C'est mon sort qui a fait en sorte que tu as attiré son attention. Tu dois l'accepter et cesser de ressasser le passé. Tu n'as rien fait de mal. Crois en mes pouvoirs, termina-t-elle en plantant ses yeux verts perçants dans les miens.

Un frisson désagréable me parcourut l'échine. Cette fille me fichait la trouille.

Chapitre 5

Le lendemain matin, j'étais assise à la table avec mes amies comme d'habitude. La tête posée dans le creux de ma main, je prétendais m'intéresser au babillage de Marianne. Elle me racontait dans les moindres détails les dernières péripéties d'une émission de téléréalité qu'elle regardait religieusement. Un mouvement derrière elle attira mon attention. Je me déplaçai pour mieux voir et constatai que Brianna s'avançait de sa démarche féline vers notre table. Nous avions pourtant décidé qu'elle ne viendrait pas me parler à l'école. Paniquée, je me détournai rapidement vers Marianne en espérant qu'elle s'en irait. Je me plongeai désespérément dans la conversation en espérant que ma froideur la décourage. Je m'esclaffai nerveusement. Marianne me regardait d'un drôle d'air.

Brianna arriva à notre hauteur comme je l'avais craint. Marianne la salua avec enthousiasme.

— Allo ! Comment ça va ?

— Très bien, merci Marianne.

— Brianna, viens t'assoir à côté de moi. Comment vas-tu ? lui demanda Joe avec plein de sincérité.

Brianna n'eut pas le temps de s'assoir que déjà mes autres amies la saluaient chaleureusement. Toutes les filles se retournèrent vers elle et une discussion animée et amicale s'ensuivit. Perplexe, je me joignis à la conversation en tentant de garder mon naturel malgré cette situation déconcertante. Ce revirement subit me chamboulait. Pourquoi les filles acceptaient-elles soudainement Brianna de si bonne grâce ?

Une raison farfelue fit son chemin dans mon esprit. Et si c'était un sort ? Je devais accepter l'inconcevable : Brianna était une sorcière. C'était la seule conclusion possible. Rien d'autre ne pouvait expliquer ce qui se déroulait sous mes yeux. En ajoutant les évènements qui s'étaient produits avec Christian, je devais me rendre à l'évidence.

— Et toi, Émilie, ça te dit ?

— Pardon ? bredouillai-je en revenant à la conversation.

Perdue dans mes conjectures, j'avais complètement perdu le fil de la discussion.

— Nous allons faire les magasins vendredi soir, tu veux venir avec nous ? lui répéta avec indulgence Vanessa.

— Pourquoi pas ? répondis-je sans y réfléchir.

J'étais trop décontenancée pour réagir autrement.

La cloche sonna et interrompit ce moment inusité. Brianna me fit un clin d'œil complice et partit pour son premier cours de la journée. Elle confirmait mes soupçons : elle avait ensorcelé mes amies !

En y réfléchissant, ça m'amusait. Mes amies, possédées ! Je gloussais toute seule à cette idée. Peut-être que ma vie deviendrait plus intéressante maintenant que Brianna pouvait se joindre à nous et détourner la conversation vers des sujets plus captivants. Ça ne leur ferait pas de tort de s'intéresser à autre chose qu'aux ragots. Un peu de culture leur ferait le plus grand bien.

La routine changea drastiquement pour moi à partir de ce jour-là. J'éprouvai un enthousiasme renouvelé pour ma vie sociale en particulier, ce qui affectait positivement les autres aspects de ma vie. Grâce à Brianna, notre cote de popularité avait grimpé en flèche. Je me sentais la reine de l'école. Nous déambulions dans les couloirs, bras dessus, bras dessous, en riant avec effusion. Les autres étudiants nous saluaient s'ils osaient s'adresser à nous alors que les plus complexés ne s'y risquaient pas de peur d'être ridiculisés.

Mes amies étaient très accueillantes envers Brianna. Il semblait qu'elle avait toujours fait partie de notre groupe, qu'elle avait grandi avec nous et partagé nos jeux d'enfance.

Comme prévu, nous sommes allées au centre d'achat ensemble le vendredi. Nous avons eu un plaisir fou à faire le tour des boutiques et essayer de belles tenues. J'ai déniché quelques articles en solde pour renouveler ma garde-robe. Je me sentais différente et je voulais que le changement se reflète dans mon look, un brin plus audacieux.

Non seulement Brianna était acceptée par mes amies, mais d'autres mutations s'étaient opérées dans notre entourage. Entre autres, j'avais remarqué que les enseignants étaient beaucoup plus tolérants à son égard. Ses excuses pour ne pas avoir complété ses devoirs à temps étaient toujours acceptées, même les plus farfelues. Elle avait de bonnes notes dans ses exposés et dans ses rédactions. Par exemple, j'avais remarqué que l'enseignant d'anglais relevait moins souvent ses erreurs grammaticales. En éducation physique, elle était maintenant désignée capitaine, un honneur usuellement réservé uniquement aux étudiants les plus doués.

Je me sentais invincible aux côtés de Brianna. Bras dessus, bras dessous, nous parcourions les couloirs de notre royaume, saluant nos sujets au passage. Tous se retournaient pour nous sourire. Nous étions conviées à toutes les fêtes. Il ne restait plus qu'à choisir parmi les invitations ! Plus le temps passait et plus je prenais gout à ma nouvelle popularité.

Je me préparai à participer à la finale régionale du concours de cristaux. En effet, je venais d'apprendre que notre cristal avait été sélectionné par M. Tremblay, notre enseignant, avec celui de Joseph et William.

J'étais tellement excitée ! Nous allions voyager dans un petit autobus loué pour l'occasion. Nous allions à Montréal ! Enfin un peu d'action, ça me changerait grandement de cette petite bourgade perdue.

Le mercredi soir, je préparais mes bagages avec une précision maniaque. Je ne voulais absolument rien oublier. Nous partions le jeudi après-midi, tout de suite après les cours, et je devais être prête. J'y plaçai ma brosse à dents, un ensemble de vêtements très professionnel pour notre journée à l'exposition vendredi, des souliers confortables pour passer la journée debout et un bien sûr un pyjama. J'avais choisi le vert à oursons souriants, car c'était mon plus chaud et ma mère avait bien insisté sur le fait qu'il fait toujours trop froid dans les chambres d'hôtel... Tant pis si Brianna se moquait de mon choix, mais je n'avais pas l'intention de frissonner sous les draps.

La journée de jeudi me parut durer une éternité. Je ne cessais de jeter un œil à l'horloge, peu importe le cours dans lequel je me trouvais prisonnière. Je faisais quelques listes dans mon agenda pour passer le temps : mes rêves, des vêtements à acheter, des boutiques à visiter, des voyages à faire… J'étais distraite et je ne pensais qu'à ma fin de semaine à Montréal.

Concentrée sur un gribouillis, je mâchais mon crayon. L'enseignant de français profita de ma distraction pour me poser une question et ramener brusquement mon attention sur la matière. Embrouillée, je bredouillai.

— Allons, Émilie, tu n'es pas attentive. Cette information te sera surement très utile pour le contrôle la semaine prochaine… C'est noté, tout le monde ? ajouta-t-il en couvrant tous les élèves du regard.

Je soupirai discrètement. Malgré l'évidence de l'indice donné par l'enseignant, je doutais que la moitié des étudiants ait pris en note ce qu'il disait afin d'être prêt pour le test. Je méprisais la plupart de mes compagnons pour leur manque de vivacité intellectuelle. Pour ma part, je notai la réponse et l'entourai avec mon surligneur vert fluo. Ce test serait aussi facile que les autres.

Enfin, la dernière cloche de la journée retentit. Je me précipitai avec une énergie renouvelée hors de la classe. Je passai à mon casier pour y lancer mes livres ainsi qu'y récupérer rapidement mon sac à dos rempli à craquer pour la fin de semaine. Je rejoignis Brianna devant le petit autobus qui nous attendait près de l'entrée. Elle transportait avec précaution le cristal qui avait grossi grâce à nos soins méthodiques. Je lui souris en la voyant.

— Brianna ! Attention à notre précieux ! dis-je pour la taquiner, en sifflant bien mon C pour imiter Golum du Seigneur des Agneaux.

— Ne t'inquiète pas, il est à moi, le précieux, dit-elle en souriant à ma référence à un de nos films préférés. Elle le serra contre son cœur pour démontrer le sérieux de sa protection.

— Allons-y, ma chère amie ! lui lançai-je en lui posant la main sur l'épaule, complice.

— L'aventure nous attend ! me confirma-t-elle en montant dans l'autobus la première.

L'enseignant nous attendait déjà avec Joseph et William, l'autre équipe sélectionnée pour représenter l'école au concours. Ils étaient assis chacun dans leur banc, mais chahutaient en se bousculant. Je les saluai d'un signe hésitant et pris place près de Brianna. M. Tremblay lança au chauffeur : « C'est parti ! » Le véhicule démarra.

Inconfortablement installées sur la banquette dure, Brianna et moi bavardions avec animation. Joseph et William s'approchèrent de nous et s'installèrent devant nous, le corps appuyé sur le dossier pour mieux nous parler.

— Salut les filles, susurra Joseph d'une voix mielleuse.

Manifestement, il croyait nous plaire avec ses « talents » de séducteur. Brianna ricana.

— Salut, moi c'est William, dit l'autre garçon en tendant la main.

Il semblait plus à l'aise et surtout plus naturel que son compagnon. Son regard intense me fit baisser les yeux. Il était vraiment sexy. Comment se faisait-il que je ne l'eusse jamais remarqué ?

— Salut ! lançai-je en même temps que Brianna d'un ton que je voulais désinvolte.

Durant les trois heures que dura le trajet, nous avons discuté avec eux. Nous découvrions peu à peu leur personnalité et leur sens de l'humour. Je me sentais plus à l'aise avec eux lorsque l'autobus traversa enfin le pont qui nous séparait de la ville. J'admirais les lumières par la fenêtre de l'autobus. Comme c'était vivant ! Je me promis de poursuivre mes études universitaires à Montréal. Quelle belle ville ! J'étais époustouflée.

Le petit autobus se faufila dans un trafic de plus en plus dense pour finalement nous déposer devant notre hôtel au centre-ville. Brianna et moi partagions une chambre au vingtième étage. Excitée comme une puce d'échapper à la vigilance des adultes, j'attrapai la carte magnétique que me tendit l'enseignant et partis comme une flèche vers l'ascenseur en guidant Brianna.

— N'oubliez pas de nous rejoindre demain matin, à 7 heures tapantes, dans le hall de réception. Nous déjeunerons tous ensemble au restaurant ici en bas, nous lança-t-il en pointant le petit bistro.

— Oui, oui.

Les portes de l'ascenseur se refermèrent déjà derrière nous en émettant un petit son de cloche. J'appuyai sur la touche vingt pour nous amener à notre chambre. Nous avancions en riant dans le labyrinthe de couloirs pour trouver enfin la porte de notre chambre, la 2034. Je glissai ensuite la carte magnétique dans le mécanisme et je découvris notre nouvel environnement avec empressement. Je repoussai le rideau pour observer la ville illuminée.

— Regarde la salle de bain ! Du marbre partout ! C'est super moderne comme décoration, j'adore !

Je tournoyais sur moi-même pour admirer le décor. Je déposai ma valise à roulettes sur le premier lit. Brianna se dirigea vers le sien, à côté de la fenêtre.

— Allons, ce n'est qu'un hôtel. Ils se ressemblent tous après tout.

Je détestais quand elle prenait son petit air supérieur. Elle gâchait un moment spécial. Boudeuse, je lui rétorquai avec mordant :

— Pour toi peut-être, la grande voyageuse ! Je n'ai pas eu la chance de faire le tour du monde avec mes parents, moi.

— D'accord, pas besoin de t'offenser. Je ne voulais pas briser ton enthousiasme, marmotta-t-elle.

Elle prit place sur son lit comme une reine sur son trône. Elle repoussa une mèche de cheveux roux qui lui retombait sur les yeux. Je soupirai. C'étaient les seules excuses auxquelles je pouvais m'attendre de Brianna. Je me laissai tomber sur le dos sur mon lit.

Pour briser le silence et alléger l'atmosphère, Brianna s'empressa de changer de sujet.

— Que penses-tu de nos accompagnateurs ? me lança-t-elle d'un ton badin, décidée à m'amener sur un terrain que je sentais glissant.

Elle me fit un de ses clins d'œil taquin, mais je n'avais pas l'intention de tomber dans son piège.

— M. Tremblay et Joseph ? Ah… fis-je pour gagner du temps et réfléchir à un moyen de lui faire lâcher le morceau.

Je devais lui donner juste assez d'information pour assouvir sa curiosité, mais pas assez pour qu'elle puisse me relancer.

— Ils sont sympathiques, ajoutai-je d'un ton neutre en espérant qu'elle en resterait là.

C'était peu la connaitre.

— Émilie, mon amie, je ne t'ai jamais vu dans un tel état. Sauf peut-être avec Christian…

Je me rembrunis en entendant ce nom.

— J'ai vu comment tu riais à toutes les blagues de William. Allez, avoue !

Elle me lança un oreiller. Je commençai à défaire ma valise afin de cacher mes joues brulantes.

— Tes yeux brillaient tellement que tu m'aveuglais, avec toutes ces étoiles !

Elle battait des cils en riant. Je n'avais pas cru être aussi transparente ! Est-ce que William avait déchiffré mon comportement ? Jugeait-il que j'étais une fille pathétique et désespérée de rencontrer quelqu'un ? À cette idée, la honte m'envahit.

Brianna se leva pour me rejoindre et me prit les bras à deux mains pour me retourner et m'immobiliser devant elle. Docile, je la laissai faire, mais je refusai de croiser son regard et je fixai obstinément le plancher.

— Tu le trouves à ton gout, avoue-le ! me taquina-t-elle en me secouant comme un prunier. Elle semblait s'amuser comme jamais.

— Brianna, je ne veux pas parler de ça maintenant. Je dois préparer mes vêtements pour demain et pratiquer ma présentation une dernière fois.

Impossible de la forcer à abandonner.

— Émilie, dis-moi la vérité.

— Si je te dis qu'il me plait, tu me promets de me laisser tranquille et surtout de ne pas m'embarrasser devant lui ?

— Peut-être.

— Promets !

— Bon, c'est promis, rechigna-t-elle.

— Alors oui, je te le confie, je le trouve charmant. Je ne l'avais même jamais remarqué avant aujourd'hui. Mais après avoir passé le trajet à lui parler, j'ai découvert qu'il a une personnalité tellement différente ! Quand il me fait rire, je le vois avec des yeux nouveaux.

— Je le savais, lança-t-elle triomphalement en sautillant et en me pointant du doigt. Tu craques pour William.

— Tu as promis ! On n'en parle plus, dossier clos.

Je m'emparai de la télécommande et allumai le téléviseur pour changer de sujet une fois pour toutes.

— Alors, qu'est-ce qu'on regarde ? demandai-je à Brianna. Un film d'horreur ?

— Oublie ça.

Elle m'arracha la télécommande des mains et la jeta sur le lit.

— On est à Montréal, personne pour nous surveiller, et tu veux regarder la télévision. Tu ne sais pas profiter de la vie, Émilie.

Elle secoua la tête, dépitée.

Malicieuse, elle se précipita sur sa valise. Elle y plongea la main et me dévoila théâtralement deux hauts aux couleurs voyantes : une camisole fuchsia avec de la dentelle blanche sur l'encolure et un chandail noir sans manches avec un visage argenté imprimé sur le devant et sans dos. Elle me les montrait tel un toréador brandissant des drapeaux devant les yeux d'un taureau enragé.

— Tadam ! On sort, ma belle. Tu veux le rose ou le noir ? demanda-t-elle en me présentant l'un et l'autre.

— Tu as perdu la tête ! m'exclamai-je devant sa suggestion. Pas question qu'on sorte comme ça toutes seules dans une ville inconnue. C'est dangereux.

Je me rassis résolument sur mon lit en croisant les bras pour manifester mon désaccord à son idée téméraire. Brianna ne sembla nullement décontenancée par mon désaccord.

— Tu as vraiment besoin de moi, ma pauvre. Tu finiras vieille fille si tu t'entêtes à continuer sur ce chemin, ajouta-t-elle en secouant la tête.

— De toute façon, on n'a même pas l'âge légal pour entrer dans les bars. On ne nous laissera jamais entrer. C'est perdu d'avance.

C'est comme si elle n'avait rien entendu.

— Tiens, je veux le noir, me dit-elle en me lançant la camisole rose.

Je la reçus en plein visage, ce qui la fit pouffer de rire. Elle enfilait déjà le chandail, qui allait à merveille avec son jeans serré. Elle glissa ses longues jambes dans des bottes à talon aiguille noires et remonta la fermeture éclair. En sifflotant, elle sortit son maquillage. Elle était visiblement déterminée à mettre son plan insensé à exécution.

— Brianna, tu ne m'écoutes donc pas ?

— Tu me sous-estimes encore ? me lança-t-elle avec un autre de ses clins d'œil.

Elle commençait à m'exaspérer avec ses clins d'œil.

Se regardant dans le miroir, Brianna traça d'une main experte un long trait noir sur ses paupières pour mettre en valeur ses yeux verts de chatte.

Sa détermination me fit réfléchir. Moi qui me plaignais, il y a quelques semaines à peine, que ma vie était déprimante et ennuyeuse… Je recevais finalement ce que j'avais tant souhaité. Pourtant, j'éprouvais un malaise à sortir de ma zone de confort. Je souhaitais être plus audacieuse, certes, mais sortir seules la nuit dans une grande ville me semblait un peu trop dangereux.

D'un autre côté, on n'a qu'une seule vie à vivre, non ? Décidément, je ne devais pas laisser passer cette chance unique, peu importe que l'idée soit folle et risquée. J'enfilai la camisole, qui m'allait comme un gant. Brianna s'approcha de moi avec son crayon à yeux noir.

— Ne bouge pas !

Je la laissai me tracer le contour des yeux. Ensuite, elle fouilla dans sa valise et me tendit une paire de sandales roses à paillettes avec des talons vertigineux. De vrais bijoux ! J'étais impressionnée par mon reflet dans le miroir. J'avais presque l'air d'être majeure.

Nous rigolions comme des folles en sortant de l'hôtel. Brianna héla un taxi comme une pro et donna l'adresse au chauffeur.

— Tu connais les bars ici ? lui chuchotai-je, incrédule.

— Tu n'en croiras pas tes yeux, Émilie. C'est mon cousin qui m'a recommandé ce club. Selon lui, c'est LA place le jeudi soir. Tous les garçons les plus populaires des universités des environs se donnent rendez-vous là.

J'étais très excitée à cette perspective. Je trépignais d'impatience sur la banquette arrière du taxi. Mais quand le véhicule s'arrêta devant le club, mon enthousiasme tomba comme une flèche. La file d'attente faisait le tour du pâté de maisons. Brianna régla la course. Je me dirigeai vers la fin de la queue, la tête basse, mais elle me tira directement vers le portier.

— Viens ! me brusqua-t-elle.

Portrait stéréotypé du portier, il avait un air de molosse et une carrure à faire blêmir plusieurs joueurs de football. Il portait une veste de cuir et des lunettes fumées. Brianna ne le regarda même pas et fonça vers la porte. Rapide, il lui bloqua l'entrée de son bras immense. Visiblement, il fréquentait le gym avec assiduité. Je blêmis à l'idée du pétrin dans lequel Brianna allait nous mettre.

— Hé, toi ! Tu vas où ?

— On vient ici tous les jeudis et tu ne me reconnais toujours pas ? Regarde sur ta liste, mon grand, lui dit-elle sur le ton le plus condescendant que j'avais jamais entendu. Brianna Ducharme.

Le portier grogna. Il n'était manifestement pas content de se faire parler sur ce ton, en particulier par une fille frêle comme Brianna. La voix qu'elle avait utilisée pour lui parler me fit craindre pour notre sécurité. L'homme abaissa ses verres fumés pour la dévisager de ses yeux bruns menaçants. Elle soutint son regard et insista en pointant sa liste. De mauvaise grâce, il fit glisser son doigt sur les noms et, à ma grande surprise, sembla s'arrêter finalement sur celui de Brianna.

— Entrez, nous dit-il, frustré.

Je suivis Brianna dans le club. Je n'arrivais pas à y croire. Nous étions entrées !

— Comment as-tu réussi à avoir ton nom sur la liste V.I.P. ?

— Il n'y était pas…

— Qu'est-ce que tu veux dire ?

— J'ai embrumé son esprit, m'avoua-t-elle en balayant l'air de sa main, comme si c'était un fait négligeable.

Mais de quoi parlait-elle ? Je lui découvrais encore de nouveaux pouvoirs, ce qui était inquiétant. Mais il était inutile de la questionner ici et maintenant. La musique jouait à tue-tête, impossible de parler de quoi que ce soit. Je me promis de lui en reparler à la première occasion.

Brianna se dirigeait déjà vers le bar. Paniquée, je l'arrêtai.

— Tu es malade ? On n'a même pas le droit d'être ici et tu veux commander de l'alcool ?

— Relaxe, je n'aime pas la bière ni l'alcool d'ailleurs. Je préfère une bonne boisson énergisante.

Soulagée, je sortis mon portefeuille.

— Bon d'accord, je t'invite.

Au bar, je nous commandai deux verres, que la serveuse nous servit dans des verres remplis de glaçons. Je tendis son verre à Brianna et elle le cogna contre le mien.

— Santé !

Accoudée au comptoir, je pris une première gorgée de ce liquide délicieux et glacé. L'endroit était rempli à craquer de beaux gars. Je ne savais plus où donner de la tête. J'en surpris quelques-uns à me regarder, ce qui me fit extrêmement plaisir. Brianna savait choisir des vêtements pour les sorties en ville. Un grand brun magnifique me sourit. Je lui rendis la pareille, surprise de mon audace.

Nos boissons à la main, Brianna m'entraina sur la piste de danse. Souriantes, nous nous frayions un chemin parmi la foule de danseurs. La musique assourdissante nous électrisait. Mon amie me montrait ses meilleurs mouvements et nous avions beaucoup de plaisir.

Le garçon au beau sourire s'approcha de nous. En le voyant, j'en tremblais de nervosité. Brianna me fit un de ses clins d'œil. Il se rapprocha un peu plus et il dansait maintenant avec nous. Il colla sa bouche à mon oreille pour me parler. Un frisson de plaisir me parcourut l'échine. Brianna ne s'ennuyait pas non plus de son côté : un beau garçon l'avait approché elle aussi.

J'ai passé une soirée magique avec Thomas. Il me faisait rire et je n'ai pas vu le temps passer. J'ai dansé le dernier slow dans ses bras. Je m'enfouis le nez dans son cou. Il sentait tellement bon ! Je fermai les yeux pour savourer ce moment. Il déposa un baiser sur mes lèvres. Soudain, la lumière m'éblouit. C'était le signal de la fermeture, déjà. Brusquement, Brianna m'agrippa le poignet et me tira vers la sortie. Je fis un rapide mouvement pour saluer mon prince charmant et nous étions déjà sorties.

— Hé ! Il voulait que je lui laisse mon numéro.

— Oublie-le, l'amour à distance c'est l'enfer.

Nous nous engouffrâmes dans le premier taxi disponible. Il était trois heures du matin passées. J'avais dansé et ri toute la nuit et mes oreilles bourdonnaient. Quelle soirée inoubliable ! Arrivées à notre chambre sans incident, la fatigue nous avait rattrapées. Je soupirai de soulagement quand finalement je pus enlever les souliers vertigineux qui me torturaient les pieds. Épuisée, je m'effondrai dans mon lit.

Le lendemain, jour de l'exposition, le son strident du cadran me déchira les tympans et je me réveillai en sursautant. Un vrai supplice. Je me précipitai pour l'arrêter. J'avais l'impression de ne pas avoir dormi du tout. Quatre heures de sommeil, c'était indéniablement insuffisant pour moi. Assise sur le bord du lit, les cheveux partant dans tous les sens à cause du fixatif, le maquillage barbouillant mon visage, je grognai.

Je me levai pour aller aux toilettes en bougonnant. Un regard dans le miroir de notre salle de bain me remplit d'horreur.

— Brianna, couinai-je.

Mon visage ! J'avais un teint pâle à faire peur et des cernes profonds creusaient mes yeux injectés de sang. Je me faisais peur. J'avais besoin d'une bonne douche et d'une grande tasse de café, bien que je déteste le gout amer de ce breuvage.

— J'arrive, marmonna-t-elle, encore tout endormie.

Elle passa l'embrasure de la porte et me lança sans même me regarder un petit sac rose bonbon plein à craquer. Je l'attrapai de justesse et je l'ouvris pour découvrir son contenu : fond de teint, ombres à paupières, cache-cerne, gouttes pour les yeux...

— Tu avais vraiment tout prévu, lui criai-je à travers la porte, admirative.

Cette fille continuait de me surprendre. Je m'empressai sous la douche. Une fois débarrassée de la sueur de notre soirée, je me sentais déjà plus réveillée. Je me jetai sur le cache-cerne et le fond de teint et en étalai une couche épaisse sur mon visage. Je déposai des gouttes dans mes yeux afin d'en diminuer la rougeur. Satisfaite, je sortis de la salle de bain enroulée dans une épaisse serviette blanche pour laisser la place à Brianna.

— Cette soirée restera notre secret, dit Brianna en se précipitant dans la salle de bain.

Je revêtis mon ensemble pour la présentation : une jupe noire et une chemise d'un blanc immaculé. J'attachai mes cheveux en une toque basse sur la nuque. J'avais l'air d'une vraie secrétaire ! Taquine, je me fis à moi-même un clin d'œil dans le miroir.

— Dépêche-toi, nous allons être en retard.

Nous devions rejoindre M. Tremblay, Joseph et William pour le déjeuner à 7 heures. Brianna s'habilla en vitesse. Elle s'était maquillée d'une main d'experte et s'était transformée en étudiante modèle en quelques minutes à peine. Nous allions impressionner les juges aujourd'hui, j'en étais certaine. Brianna souleva avec précaution notre précieux cristal pour l'apporter à l'exposition.

En sortant de l'ascenseur à l'heure exacte, je repérai M. Tremblay, Joseph et William qui nous attendaient dans le lobby.

— Venez, je meurs de faim, nous dit notre enseignant avec un sourire avenant. Le restaurant se trouve juste ici.

— Moi aussi, je suis affamée. C'est comme si j'avais dansé toute la nuit ! répliqua Brianna avec un sourire mutin et un regard complice.

Je baissai les yeux pour que mon visage ne me trahisse pas.

Nous prîmes place à une table près de la grande baie vitrée. Je commandai mon classique déjeuner deux œufs bacon, mais cette fois j'ajoutai un café pour chasser le sommeil. Heureusement, il n'y avait pas beaucoup de clients et le service fut rapide. Je dévorai mon déjeuner avec appétit. Toute l'activité de la nuit m'avait ouvert l'appétit.

La dernière bouchée avalée, je m'essuyai la bouche avec la serviette de tissu. Il était temps de passer aux choses sérieuses. Nous étions ici pour gagner un concours, après tout. M. Tremblay régla la note.

La salle d'exposition se trouvait à l'arrière de l'hôtel. Brianna portait notre cristal. Rapidement, je repérai une bannière avec nos noms qui flottait au-dessus d'une des tables. Elle déposa délicatement le bocal sur la nappe de coton blanche. Il ne restait plus qu'à accueillir les visiteurs curieux, mais surtout les juges, qui circulaient incognito parmi la foule. L'adrénaline du matin étant redescendue, j'avais de la difficulté à garder les yeux ouverts malgré le café que j'avais ingurgité en grimaçant. Mes oreilles bourdonnaient toujours et mes pieds étaient couverts d'ampoules causées par les souliers à talons aiguilles de Brianna. Je n'étais pas dans les meilleures dispositions pour représenter mon école avec le sourire toute la journée.

Brianna s'absenta quelques instants et nous rapporta d'autres cafés bien serrés. Comme je n'en buvais jamais, la caféine ne tarda pas à refaire effet et je me sentais enfin bien réveillée. Je souriais et expliquais à nos visiteurs notre projet.

À la fin de la journée, j'étais complètement épuisée. J'avais tout donné pour faire honneur à notre équipe et à notre école. Les visiteurs avaient maintenant déserté la salle. Soudain, une voix se fit entendre au microphone :

— On demande à toutes les équipes de s'approcher de la scène.

Brianna me donna une tape dans la main pour me féliciter de notre bon travail. J'étais soulagée de voir que la journée s'était bien déroulée. Dans quelques heures, je serais de retour dans l'autobus nous ramenant à la maison.

Sur la scène, un podium était aménagé pour le dévoilement des gagnants.

— Félicitations à toutes les équipes sélectionnées. Si vous êtes ici aujourd'hui, vous êtes déjà des gagnants ! Il est maintenant temps de dévoiler le nom de ceux qui ont le mieux réussi l'expérience cette année.

Le silence se fit dans la salle.

— Je vous rappelle que les juges ont évalué les cristaux selon la taille, la forme, les arêtes et les faces, la clarté et l'opacité. Votre présentation devant les visiteurs influençait aussi votre note. Diane…

Une femme en tailleur noir prit le relai au microphone. Elle avait un papier entre les mains.

— Merci Jean. Pour l'édition de cette année du concours « Un cristal plus grand que nature », la troisième place est décernée à…

Mon cœur s'arrêta de battre.

— Nicolas Paré et Jeanne Groleau, de l'école secondaire de Mirteville.

La foule applaudit les gagnants, qui prirent place avec fierté sur la troisième marche du podium.

— La deuxième place va à…

Je retins mon souffle.

— Brianna Ducharme et Émilie Roy, de l'école secondaire de Francville.

Génial ! Je sautai dans les bras de Brianna. Nous sommes montées sur la deuxième marche du podium. Peu habile dans les sports, je n'aurais jamais imaginé poser mes pieds sur un podium dans ma vie ! Je n'ai rien entendu de ce qui a été dit par la suite. J'ai ramassé mon trophée et je l'ai brandi à bout de bras. Nous avions gagné !

La remise des prix terminée, c'est avec regret que je dus redescendre du podium. M. Tremblay vint nous rejoindre. Il semblait très content de notre deuxième position. Joseph et William nous ont félicitées aussi, même si je voyais bien qu'ils étaient un peu jaloux de notre victoire.

Quelle superbe expérience ! Comme la vie est belle !

Chapitre 6

La semaine suivante, Brianna et moi arrivâmes à l'école, triomphantes, le trophée à la main. Assises à notre table, les filles nous félicitèrent de notre deuxième place. Je me sentais heureuse ! Comme promis, nous n'avons pas glissé un seul mot de notre virée au club. C'était notre secret à nous.

Soudain, je sentis l'atmosphère changer à la table. Me retournant pour voir ce que Marianne regardait avec autant d'insistance, j'aperçus Lucie qui se dirigeait droit vers Brianna et moi. Un vent de panique et d'espoir souffla sur les filles.

Lucie était en cinquième secondaire. Elle avait de longs cheveux dorés et soyeux qui retombaient en cascade sur ses épaules. Elle faisait partie de la bande la plus populaire de l'école et remporterait surement la couronne au bal de fin d'année. Juste de la voir s'approcher, mon cœur cessa de battre. Elle tenait à la main deux enveloppes rouges. J'en perdis le souffle. Est-ce que c'étaient des invitations pour son célèbre party de Noël annuel ? Cette fête était légendaire. On en parlait pendant des semaines.

Heureusement, elle arriva rapidement près de nous, car j'étais dans tous mes états. Mon corps ne supportait pas cet intense suspens. Elle nous salua et tendit une enveloppe à Brianna. La deuxième était pour moi !

— J'espère que vous pourrez venir, les filles. On va bien s'amuser ! déclara-t-elle en s'éloignant.

Je baissai les yeux sur l'enveloppe et remarquai qu'elle tremblait entre mes mains. J'étais sous le choc. Je n'arrivais pas à le croire. Je retins un cri victorieux dans ma gorge. J'étais rayonnante de bonheur. C'était le plus beau jour de ma vie ! Caroline m'arracha l'enveloppe des mains, retira l'invitation et l'admira avec envie. La promesse des caractères dorés miroitait sur un carton rouge feu. Caroline récita tout haut, au bénéfice de toutes :

J'étais prête à parier que Brianna et moi étions les seules élèves de quatrième secondaire à être invitées à la fête de l'année. Les filles bouillaient de jalousie. Brianna avait le sourire aux lèvres. Un sourire triomphant.

Comme un éclair, une idée géniale traversa mon esprit. Il fallait que Christian apprenne la nouvelle. Il se mordrait les doigts de m'avoir rejetée, maintenant que j'étais au sommet de la popularité, tout en haut de la chaine alimentaire de l'école. Il était trop tard pour lui. Il avait perdu sa chance. Pas question que je retombe dans ses bras. J'avais ma fierté, quand même.

Justement, j'avais mon cours d'espagnol avec Christian dans quelques instants. Je n'avais qu'à apporter l'enveloppe et la placer sur mon bureau afin que Christian la voie.

C'est exactement ce que je fis.

L'enveloppe rouge bien en évidence, je guettai du coin de l'œil sa réaction. Quand finalement ses yeux se posèrent sur l'invitation, je remarquai de l'incrédulité, puis de la jalousie se succéder dans son regard. Un intense sentiment de satisfaction me submergea. Il savait ce que représentait cette enveloppe. Je jubilais intérieurement tout en conservant un visage de marbre. Christian tenta d'attirer mon attention, toutefois je l'ignorai avec délectation. De toute façon, le cours d'espagnol commençait.

Je n'entendis pratiquement rien de ce que l'enseignant Labrie nous présenta durant le cours. Je ne pensais qu'à la fête qui approchait à grands pas. Je voulais mettre le paquet pour mon habillement. Je pourrais même en profiter pour aller me faire arranger les cheveux chez ma coiffeuse. Je voyais défiler dans ma tête les meilleurs looks pour l'occasion et je les analysais un par un. Brianna accepterait surement de m'accompagner au centre d'achat cette semaine pour la petite virée spéciale qui s'imposait. Les photos circuleraient partout sur Internet et certaines paraitraient sans doute dans l'album des finissants. Le comble de la consécration serait de me retrouver dans le livre.

Cette invitation était inattendue. Brianna n'avait jamais attiré l'attention de Lucie et maintenant elle l'invitait à la fête de l'année… Un doute surgit dans mon esprit, mais je n'avais aucune envie de m'y attarder. Je le chassai du revers de la main. Pourquoi gâcher ce moment de pure félicité avec des peccadilles ? J'allais enfin me hisser au sommet de l'échelle sociale de l'école et pas question que ma conscience vienne gâcher cette opportunité.

Dès la sonnerie, je sortis du cours avec précipitation. Je voulais rejoindre Brianna. J'évitai les questions de Christian au passage. Je n'avais aucune envie de lui parler. Je savourais ma vengeance et il ne représentait plus rien pour moi. Quand cette pensée me traversa l'esprit, j'eus un pincement au cœur et je sus que ce n'était pas la vérité. Mais je devais me raccrocher à ce mensonge pour atténuer la peine intense que m'avait causée son rejet.

Dans le couloir, je tombai sur William.

— Salut la pro des cristaux, me salua-t-il.

Ses jeans lui allaient bien… Je rougis. Il avait beaucoup de classe pour un adolescent, avec son polo Lacoste et ses espadrilles tendance. Dire que je ne l'avais jamais remarqué avant.

— Salut, fis-je en m'efforçant de contrôler le sang qui me montait aux joues.

Hélas, je me sentis bouillir encore plus et je détournai les yeux dans un effort pour le lui cacher.

Il s'accota avec désinvolte sur le mur, signalant qui avait envie de discuter.

— Alors, qu'as-tu fait de ta médaille ? me taquina-t-il.

— Elle traine quelque part dans ma chambre, mentis-je.

Je l'avais exhibée avec fierté à mes parents dès mon retour de Montréal. Ils étaient très fiers et ma mère sautillait de joie. Mon père l'avait accrochée dans la cuisine, pour que tout le monde la voie. Mais je n'avais pas l'intention de m'en vanter à William. Les prétentieux ne sont pas très populaires.

Les yeux de William se posèrent sur l'enveloppe rouge, déposée sur mes cahiers. Ses beaux yeux bleus s'arrondirent.

— Wow, une invitation à la fête de Lucie !

Il siffla. Ses yeux étaient admiratifs. Je me sentis rougir une fois de plus sous son regard, mais je pris une grande respiration pour calmer mon cœur affolé.

— Je ne savais pas que vous étiez amies.

Honnêtement, moi non plus… Mais cette invitation, je la devais à Brianna… Embarrassée et voulant éviter plus de questions, je coupai court à la conversation.

— Eh oui ! Brianna m'attend, à plus !

Ouf ! Je l'échappai belle. William semblait déçu que je le plante là, mais je n'avais pas l'intention de m'attarder et de répondre à plus de questions sur le sujet.

Brianna m'attendait, appuyée contre mon casier. J'étais soulagée que ce soit la fin de la journée. Je ne pouvais plus me concentrer. Elle me prit bras dessus, bras dessous et me tira vers la sortie. J'aperçus Caroline et Estelle du coin de l'œil. Elles avaient l'air étonnées et jalouses. Elles parlaient dans mon dos, je le sentais. Je n'en avais rien à faire. J'étais maintenant au sommet et je n'avais plus l'intention de prétendre m'intéresser à elles. Elles m'ennuyaient à mourir et je n'avais plus à me préoccuper d'elles désormais. Quel soulagement !

— Alors, prête à connaitre la gloire ? me demanda Brianna, un sourire canaille aux lèvres.

— J'ai peine à y croire. Je n'attendais que ça.

Nous sortîmes de l'école ensemble et nous nous quittâmes pour chacune rentrer chez nous.

Quand ma mère arriva de son travail, elle remarqua tout de suite mon sourire.

— Tu as l'air de bien bonne humeur ! Que s'est-il passé à l'école aujourd'hui ? me demanda-t-elle, en accrochant son manteau.

N'y tenant déjà plus, je lançai mon sac d'école sur le banc et sautillai de joie.

— Je suis invitée à la fête d'anniversaire de Lucie samedi ! C'est LA fête de l'année. Tous les élèves les plus populaires y seront. Je peux y aller, dit ? suppliai-je.

— Laisse-moi y réfléchir, me nargua-t-elle en posant un doigt sur son menton. Bien sûr, tu peux y aller.

— Yé ! hurlai-je en sautant dans les airs.

— Je te fais confiance, mais tu dois continuer à la mériter. Je ne veux pas que tu consommes d'alcool. Et encore moins de la drogue. Compris ?

Je lui sautai au cou pour la remercier.

Je flottais sur un nuage à l'idée d'être acceptée par le cercle le plus en vue de l'école. Mon téléphone cellulaire vibra dans la poche de mon jeans. Je venais de recevoir un texto de Brianna. « Tu sé koi porté pour la fete ? » « Non rien à met » « Vien magasiné vendredi aprè lé cours » « OK »

Comme prévu, Brianna et moi nous sommes rendues au centre commercial le vendredi. Toute notre soirée était dédiée à la recherche de la tenue parfaite pour l'évènement. Après avoir fait le tour de mes trois boutiques préférées sans rien trouver d'adéquat, je sentis le stress monter en flèche. Et si je ne trouvais rien ? J'allais probablement me couvrir de ridicule et gâcher à jamais mes chances d'être acceptée. De son côté, Brianna ne semblait pas se décourager. Elle gardait sa bonne humeur et semblait savourer chaque moment.

Elle se dirigea avec détermination vers une autre boutique. C'était la boutique CarSo, celle où les élèves les plus branchés se procuraient leurs vêtements. J'y avais déjà mis les pieds une fois, mais les prix étaient tellement exorbitants que j'en étais vite ressortie les mains vides.

Elle sélectionna des morceaux en défilant dans les rangées. Elle me les jetait entre les bras en souriant sans même consulter les étiquettes. Puis, nous nous sommes dirigées vers les salles d'essayage. Elle trouva une robe parmi le lot et me la tendit.

— Tiens, cette robe est parfaite pour toi.

Elle était moulante, avec une encolure en V. Le tissu était noir et soyeux. Deux bandes rouges soulignaient la taille, ce qui rendait le look des plus flamboyants. Je tirai le rideau et passai la robe. Je sortis de la petite cabine et me plantai devant le miroir. J'étais sans mots. J'avais enfin trouvé la tenue parfaite. Mon estomac se serra. Combien allait me couter cette petite merveille ?

Brianna sortit de la cabine à son tour et poussa un gloussement de joie en me voyant. Elle me fit pivoter pour évaluer son choix.

— Je savais que cette robe t'irait à ravir ! C'est tout à fait toi.

Elle se précipita vers le présentoir d'accessoires et me tendit un long collier fait d'anneaux argentés et de perles rouges ainsi qu'un bracelet assorti. Elle compléta l'ensemble avec une paire de sandales rouges. J'attachais les fines lanières de cuir à mes chevilles. Le tout s'agençait à merveille. Je n'osais regarder les prix.

J'attendis que Brianna termine sa séance d'essayage. Elle trouva elle aussi une robe pour la soirée. Elle savait mettre son corps en valeur et le vert de la tenue faisait ressortir la brillance de ses magnifiques cheveux roux. Elle choisit des bijoux et des souliers pour compléter son look. Elle était éblouissante ! Elle trouva par la même occasion un chandail et une paire de jeans à ajouter à sa garde-robe.

J'appréhendais le moment d'arriver à la caisse. Je déglutis péniblement quand je vis le montant total de mon achat : 367,86 $. C'était presque la totalité de mes économies ! Je réglai la facture en tentant de me justifier cet achat. J'investissais dans mon futur après tout. La popularité était d'une importance primordiale. Je ne me croyais qu'à moitié, mais je décidai délibérément d'ignorer mes doutes. Je les repoussai dans le coin le plus éloigné de mon cerveau. J'allais faire tourner toutes les têtes à la fête.

Je ne voulais pas que ma mère aperçoive mon sac de chez CarSo. Elle savait que cette boutique était dispendieuse et elle n'aurait définitivement pas approuvé une dépense aussi grande pour une seule tenue. De retour à la maison, je sortis les vêtements du sac, retirai à la hâte toutes les étiquettes et les enfouis dans le sac vide. Je l'enfouis dans la poubelle extérieure, bien caché sous les déchets. Je remis les vêtements dans un autre sac.

— Émilie, c'est toi ? me lança ma mère quand je passai la porte.

— Viens voir ce que j'ai trouvé, lui répondis-je, tout excitée. Une robe pour la soirée d'anniversaire de Lucie.

Ma mère détourna son attention de son ordinateur portable pour admirer mon acquisition.

— Wow, Émilie ! Mets-la, je veux voir ton nouveau look.

Ma mère comprenait que cette fête était très importante pour moi. Je passai la robe en vitesse, ajustai les accessoires et lui montrai l'effet final en tournoyant sur moi-même. Un sourire radieux éclaira son visage.

— Tu es devenue une femme, Émilie ! Tu es ravissante. Je suis certaine que Christian se mordra les doigts de ne pas avoir voulu sortir avec toi.

— Il n'est même pas invité, lui dis-je, triomphante. Et il était vert de jalousie quand il a vu mon invitation, que j'avais stratégiquement placée pour qu'il la voie.

Je ris bruyamment et ma mère s'esclaffa avec moi. À ce moment précis, je réalisai que j'étais enfin heureuse.

Le samedi 19 octobre, jour de la fête tant attendue, arriva enfin. Il était convenu que nous allions nous préparer chez Brianna et que sa tante viendrait nous conduire et nous chercher. J'allais dormir chez Brianna et ne rentrer chez moi à pied que le lendemain matin.

J'arrivai chez Brianna avec ce que j'appelais « mon matériel de guerre ». Nous étions tout énervées à l'idée de la super soirée qui nous attendait. J'avais des papillons dans l'estomac. Je me maquillais pendant que Brianna frisait ses longs cheveux roux.

Après des heures à nous parfumer, crémer, maquiller, coiffer, nous étions enfin prêtes à passer à l'attaque. J'avais peine à me l'avouer, mais je me trouvais magnifique.

Je complimentai Brianna :

— Tu es sublime ! Tu devrais être styliste, tu as un talent inné.

Nous descendîmes à la cuisine. La tante de Brianna nous y attendait en sirotant une tisane et en feuilletant un magazine. Elle leva les yeux sur nous. Ravie, elle nous applaudit.

— Quelles belles femmes ! Prêtes pour la fête ?

— Oh oui !

Nous nous entassâmes dans la petite voiture économique de la tante de Brianna. Durant le trajet, j'étais fébrile et j'avais les mains moites. Enfin, la voiture se stationna devant l'impressionnante maison de Lucie. Je savais que ses parents n'avaient pas à se plaindre côté tune, mais je n'avais jamais admiré la grande baraque de style victorien en pierre grise surplombée de plusieurs tourelles. On aurait dit un château. La fête battait déjà son plein. Toutes les lumières de la maison étaient allumées. Les parents de Lucie lui avaient laissé le champ libre ce soir.

Je m'extirpai de la voiture en tentant d'avoir l'air le plus décontracté possible dans ma robe moulante. Je n'étais pas habituée à mes talons. Je pris

Brianna par le bras pour me donner contenance et assurer mon équilibre sur mes échasses.

— Brianna, pas question que tu me laisses tomber ce soir. On reste ensemble.

— Ne t'inquiète pas, tout va bien aller. Tu seras la première à me laisser tomber et à te faire de nouveaux amis.

Elle me sourit et me fit son clin d'œil habituel. Nous allions être les reines de la fête.

Aussitôt la porte franchie, la musique nous emplit les oreilles. Un DJ avait été engagé pour la soirée. Lucie était entourée de plusieurs personnes. Je ne les reconnaissais pas toutes. Certains garçons étaient plus vieux et surtout très attirants ! J'étais intimidée, mais pas question de le laisser paraitre. Brianna se dirigea directement sur Lucie et lui fit la bise, comme si elles étaient de vieilles amies.

— Lucie ! Comme tu es en beauté ce soir ! Merci de nous avoir invitées !

— Brianna, je suis tellement contente que tu sois là. Tu es magnifique ! Laisse-moi te présenter Bruno, Jean, Gabriel, Annie, René et bien sûr tu connais ma meilleure amie Marie-Pier.

— Salut à tous !

Elle se retourna vers Jean, un très sexy jeune homme. J'estimai qu'il devait avoir dix-neuf ou vingt ans. Elle lui tendit une main assurée.

— Jean, moi c'est Brianna. Comment as-tu rencontré Lucie ?

Elle repoussa ses cheveux bouclés vers l'arrière et lui lança un regard séducteur. Jean ne semblait pas indifférent à son approche. J'étais impressionnée ! J'allais devoir mettre les bouchés doubles moi aussi. Chassant ma timidité, je me décidai à sortir de l'ombre de Brianna en m'adressant à René après avoir salué Lucie. La musique était assourdissante. Je hurlais pour me faire comprendre.

— Alors René, le Cégep, ça te plait ?

— J'étudie en communication, c'est très intéressant. Malheureusement, j'ai encore beaucoup de cours obligatoires à suivre et j'ai hâte d'en finir pour enfin passer à ma spécialisation. Car les cours dans mon domaine sont fascinants. Toi ?

— Oh moi, le plus rapidement j'aurai fini mes études secondaires, le mieux ce sera. J'ai besoin de changer d'air.

— Et que feras-tu après avoir obtenu ton diplôme ?

— Je ne sais pas encore, pourvu que ce soit loin d'ici. J'étais à Montréal la semaine passée et j'ai bien aimé cette ville. J'aimerais étudier là-bas.

Il me sourit. Je me débrouillais bien finalement. L'intérêt de René me poussa à continuer sur ma lancée.

— Mais avant, je veux passer quelque temps à l'extérieur du pays, question d'explorer de nouveaux horizons.

— Tu veux danser ?

René me prit la main et m'amena dans le salon un peu plus loin. Des dizaines d'étudiants s'y entassaient, bougeant sur le rythme de la musique. Certains couples s'enlaçaient langoureusement. J'aurais bien aimé être à la place d'une de ces filles. Par exemple, cette belle blonde assise sur son amoureux, l'embrassant à pleine bouche… Je croyais que moi et Christian serions comme ça. Un frisson de colère me traversa l'échine en pensant à lui.

Je secouai la tête pour retrouver la raison. Je me trouvais en présence d'un garçon du Cégep, qui m'écoutait et voulait danser avec moi ! Je n'avais aucune raison de m'apitoyer sur mon sort. Je souris à René en laissant le rythme emporter mon corps.

Je me sentais bien. J'adorais la sensation que la danse me procurait. Mes hanches bougeaient en parfaite harmonie avec le rythme. Je voyais bien que René tentait de s'approcher de moi. Je le laissai poser les mains sur ma taille. Quand elles se glissèrent sur mes fesses, je lui ai manifesté mon désaccord. C'était trop rapide pour moi. Il n'a pas insisté et a décidé de partir. Probablement à la recherche d'une proie plus collaborative. De mon côté, je préférais danser encore un peu. Quelques garçons m'approchèrent, mais aucun ne m'intéressait vraiment. Je restais tout de même polie, faisant la conversation et riant à leurs blagues.

Plus tard, Brianna vint me rejoindre sur la piste pour quelques pas de danse. Mais il se faisait déjà tard. La soirée s'était fort heureusement passée sans anicroche. Je pouvais même dire que j'avais eu un plaisir d'enfer. Tout ce stress pour rien…

La tante de Brianna vint nous chercher vers une heure du matin. Dans la chambre de Brianna, j'avais installé mon sac de couchage à même le sol. Sans nous démaquiller, sans même nous brosser les dents, nous nous sommes couchées. Nous étions épuisées. Malgré tout, je ne pouvais dormir.

— Brianna, tu as vu le gars avec qui je dansais, René ? Il était génial. Il va au Cégep, tu t'en rends compte. Et il dansait avec moi !

— Je savais qu'il te plaisait. Et que dis-tu de mon Apollon ?

Nous avons passé une partie de la nuit à nous remémorer les meilleurs moments et à nous raconter les potins découverts lors de cette soirée.

De retour à la maison le lendemain matin, j'avais le sourire aux lèvres et les yeux plus cernés que jamais. Je ne me souvenais pas m'être sentie aussi bien ! Je faisais la fête avec les élèves les plus populaires maintenant. J'avais peine à croire que mon quotidien soit tant bouleversé en si peu de temps. C'était inespéré. Je me sentais aimée et acceptée.

Néanmoins, une inconfortable pensée continuait à s'insinuer dans mon esprit. Est-ce que cette soudaine popularité était due à la magie de Brianna ? Un doute terrible me tenaillait.

J'étais sceptique par rapport à ses pouvoirs au début, mais après ce qui était arrivé avec Christian... De plus, elle attirait l'amitié de tous maintenant, même du corps enseignant. Elle pouvait arriver en retard et oublier ses devoirs, aucun ne la punissait. Est-ce que Brianna saurait tracer une limite acceptable à sa magie ? En y réfléchissant, toute manipulation est contre nature et donc moralement répréhensible. À mon avis, elle avait donc déjà franchi la ligne. Elle n'aurait tout simplement pas dû utiliser sa sorcellerie à cette fin.

En profitant de la situation, j'étais coupable par association. J'obtenais tout ce dont j'avais toujours rêvé : une vie intéressante, une meilleure amie du tonnerre et un laissez-passer dans les cercles fermés de la société populaire. Cependant, l'obtenir malhonnêtement me laissait un gout amer.

Je secouai la tête pour chasser ces pensées déprimantes.

— La magie n'existe pas, marmonnai-je.

L'après-midi même, des photos de la fête inondaient déjà mon compte Facebook. J'étais identifiée dans quelques-uns des clichés, en compagnie de Brianna ou encore de René. Heureusement, j'étais photogénique. J'avais reçu plusieurs demandes d'amitié dernièrement et encore plus aujourd'hui. Je n'osais dire non à personne, même si elles n'étaient parfois que de vagues connaissances que je croisais à l'occasion dans les couloirs de l'école. Le nombre de mes « amis » virtuels ne cessait d'augmenter.

Le lundi, Brianna et moi arrivâmes en même temps à la table, triomphales. Mes amies avaient vu les photos de la fête sur Facebook et elles semblaient vertes de jalousie, en particulier Marianne et Caroline. Je croyais qu'elles auraient voulu tout savoir de la soirée ; au contraire, elles évitèrent le sujet avec une précision chirurgicale. Brianna voyait aussi clair que moi dans leur petit jeu et décida de se payer leur tête. Elle me fit un clin d'œil.

— Quelle soirée ! C'était à ne pas manquer, n'est-ce pas Émilie ?

Elle n'attendit même pas ma réponse et enchaina :

— Une sélection de choix de mâles ! Je ne savais plus où donner de la tête. Avez-vous vu ma photo avec Carl ?

Encore une fois, elle poursuivit sans attendre, pour achever de mettre en rage nos interlocutrices :

— Vivement l'année prochaine pour revivre ce moment mémorable.

Cette chère Brianna, toujours prête à irriter la bande des superficielles. Les filles prétendirent l'ignorer et continuèrent leur conversation. Je riais dans ma barbe. Elles pouvaient bien décider de nous expulser de leur cercle pathétique, je n'en avais plus rien à faire maintenant que j'avais Brianna.

Le midi, je pris la file de la cafétéria, car je n'avais pas apporté mon lunch. Le menu prometteur poutine ou spaghetti à la viande attirait toujours une foule et la ligne d'étudiants s'allongeait encore plus qu'à l'habitude. Un peu en avant, William attendait lui aussi. Comme par hasard, il se retourna et m'aperçut.

— Émilie ! Viens !

Profitant de l'occasion pour dépasser quelques élèves, je m'avançai en ignorant leurs grondements désapprobateurs.

— Salut William ! Ça va ?

— Cool, cool… Donc, la fête ? Ça valait le déplacement ?

— Oh oui, c'était vraiment la fête de l'année. Il y avait tellement de monde, et même un DJ. On s'est bien amusé, Brianna et moi.

— Alors euh… Tu as quelque chose de prévu jeudi soir ?

Il se frottait le cou avec gène. Du coup, le rouge me monta aux joues.

— Hum, non, rien de particulier, non… bredouillai-je.

— Ah euh, que dirais-tu d'aller au cinéma ?

— Pourquoi pas ?

Soulagée, je sentis que la tension redescendait entre nous. Un frisson me parcourut l'échine. William me plaisait, il était mignon et surtout intelligent.

— OK, cool, dit-il en souriant timidement. Alors, je passe chez toi vers sept heures jeudi prochain ?

— Oui, d'accord.

Nous étions déjà arrivés à la porte de la cantine. Je sautai sur la première assiette de spaghettis disponible et réglai le tout à la caisse. Je fis un petit signe de la main à William, qui partit rejoindre ses copains. J'étais sur un nuage. William s'intéressait à moi !

Je me dirigeai vers notre table habituelle. Brianna n'était pas là. Elle m'avait avertie qu'elle devait rencontrer un enseignant pour reprendre un examen auquel elle avait échoué. Les filles étaient déjà en grande conversation. Mon assiette remplie de pâtes dégoulinantes de sauce tomate devant moi, je participais distraitement à la conversation superficielle des filles. Je n'avais même pas envie de leur confier ce qui venait d'arriver. C'est dire à quel point notre relation ne me tenait plus à cœur. De toute façon, Marianne aurait surement trouvé quelque chose de négatif à dire sur William, par simple jalousie. C'est ce qu'elle avait fait à Caroline, quand Albert l'avait invitée. Par contre, je mourrais d'envie de tout raconter à Brianna.

Soudain, un cri retentit non loin de notre table. Je me retournai juste à temps pour recevoir une boulette de viande hachée en plein visage. Une bataille de nourriture ! Génial ! Je ramassai mon spaghetti à pleines mains et le propulsai sans même regarder vers la table voisine. Des pâtes aux tomates frappèrent violemment un garçon plus jeune et formèrent une tache bizarre sur sa chemise rayée. Le garçon, pris par surprise, s'esclaffa en continuant à lancer ses boulettes méthodiquement, une à une.

Tous les étudiants s'en donnaient à cœur joie. Les pâtes du jour et la poutine volaient partout, créant un désastre sur le plancher, les tables, les murs et les vêtements. Des rires fusaient à profusion. Une surveillante paniquée glissa sur la sauce rouge et s'étala sur le sol en criant. J'en profitai pour envoyer mes dernières boulettes de viande hachée sur mes voisines. La deuxième surveillante, toujours sur pied, ne savait pas quoi faire pour mettre un terme à la folie de plus d'une centaine d'étudiants et agitait les bras dans tous les sens en criant « Ça suffit ! Arrêtez ! »

Nos assiettes vidées, il n'y avait plus rien à lancer et l'action retomba d'elle-même. J'avais des crampes dans les joues tellement j'avais ri. J'étais dans un piteux état, mais ça en valait la peine. La première bataille de bouffe depuis plusieurs années venait d'avoir lieu. C'était un moment mémorable qui aurait une place d'honneur dans l'album de fin d'année. Justement, un photographe du journal prenait des clichés en rafale. Je pensais à Brianna, qui avait tout manqué. J'avais tellement hâte de tout lui raconter en détail. Elle serait déçue d'avoir raté cet évènement fabuleux.

Le sourire aux lèvres, je me dirigeai vers la salle de bain pour effacer de mon mieux les traces que la bagarre avait laissées sur mon apparence. Pas de chance ; l'endroit était bondé de filles qui avaient grandement besoin de se laver, tout comme moi. Tout l'espace était occupé. Je n'avais aucunement envie de patienter avec la sauce qui dégoulinait sur mon visage, alors je décidai d'aller me débarbouiller au local de sciences. Il y avait des lavabos et je pourrais enlever la nourriture en toute tranquillité.

Je me rendis au local en gravissant les marches deux par deux. Comme je l'avais espéré, la porte n'était pas fermée à clé. Je lavai mon visage et rinçai mes cheveux. J'épongeais tranquillement ma crinière quand j'entendis des bruits venant du local attenant, là où les ingrédients et le matériel étaient rangés. Je n'avais pourtant pas vu M. Tremblay. Je m'approchai de la porte. J'entendis un rire aigu, un rire de femme. Intriguée, je m'élevai sur le bout des pieds pour jeter un coup d'œil par la petite fenêtre givrée du bureau.

Je reculai brusquement et percutai un bureau derrière moi.

M. Tremblay était torse nu et embrassait une femme dans le cou. La main sur mon cœur battant, je m'approchai de la fenêtre à nouveau. Ma curiosité était plus grande que l'horreur que j'éprouvais. Discrètement, je regardai encore une fois. Je reconnus avec effroi le visage souriant de la femme, qui était couchée sur le bureau de M. Tremblay qui la surplombait. Je savais que ce n'était pas sa femme.

C'était Brianna.

CHAPITRE 7

Sous le choc, je me précipitai hors de la classe, horrifiée par cette vision. Je ne voulais surtout pas être découverte par Brianna. Je courus à en perdre haleine, dévalai les escaliers pour m'éloigner de cette salle de classe au plus vite.

Je ne pouvais pas croire ce que je venais de voir dans cette pièce. M. Tremblay qui trompait sa femme avec Brianna ! Mais qu'avait-elle donc fait ? Comment pouvait-elle détruire cette famille sans aucune pudeur ?

Adossée à un mur, j'éprouvais de la difficulté à reprendre mon souffle. Je me trouvais dans la cafétéria déserte, la main sur ma poitrine qui se soulevait à toute vitesse. Seul un concierge démotivé travaillait pour ramasser les restes écrabouillés de la bataille et remettre un peu d'ordre. D'affreuses questions me torturaient l'esprit, tournoyantes, menaçantes. Quelle était la puissance de la magie de Brianna ? Plus important encore, où s'arrêterait-elle ? Elle influençait et dirigeait son entourage et le mien sans aucun scrupule. Et si ses pouvoirs de manipulation étaient infinis ? Y avait-il seulement une limite pour elle ?

Et moi ? Avait-elle lancé un sort pour faire de moi sa marionnette ?

Je ressentis un haut-le-cœur. La main sur la bouche, je me précipitais vers les toilettes. Mon ventre se révulsait et j'espérais me rendre à temps. Je poussai hâtivement la porte et je vomis violemment les quelques bouchées de mon diner. Mon estomac vidé, j'avais encore des spasmes douloureux. Malgré mon dégout, je me laissais glisser sur le sol en carrelage froid et humide. Le visage appuyé dans mes mains, la tête remplie d'interrogations, je restai là un moment dans l'espoir de reprendre mes esprits.

La cloche annonçant le début des cours de l'après-midi retentit. Je me vis me lever, comme si j'étais à l'extérieur de mon corps. Je me lavai les mains comme un automate. J'aperçus mon visage vert réfléchi sur le miroir. J'avais piètre allure. Je m'aspergeai d'eau, toujours le cœur sur la flotte. Je récupérai mes livres dans mon casier et me dirigeai vers ma classe en trainant les pieds.

L'après-midi se passa sans moi. J'étais présente de corps, mais pas d'esprit. Je ne voyais que le visage souriant et maléfique de Brianna, couchée sur le bureau de mon enseignant.

Enfin, la journée se termina et je pus quitter l'école. Je marchai jusqu'à la maison. Je ne me pressai pas. Les faibles rayons du soleil d'automne tentaient de me réchauffer, mais je me sentais tout de même frigorifiée. J'essayai de mettre de l'ordre dans mes idées. Je poussai la porte de la maison.

— Émilie ! J'ai fini plus tôt aujourd'hui. Je suis contente de te voir.

— Allo, maman, répondis-je sans enthousiasme.

Je pris place sur un tabouret de la cuisine. Ma mère préparait une lasagne pour le souper.

— Qu'est-ce qui te tracasse, ma belle ? Je vois bien que quelque chose se passe. Tu sembles distante depuis quelque temps.

À ce moment, je sus que j'avais besoin de me confier, de me libérer de ce poids qui oppressait ma poitrine. Le doute me rongeait l'esprit et je ne savais plus quoi faire. Les évènements dépassaient mon champ d'expertise. Évidemment, je ne pouvais pas tout lui dire. Ma mère croirait que j'avais perdu la tête si elle m'entendait déblatérer sur les pouvoirs magiques de Brianna. Il devait y avoir une façon de lui confier mon problème sans lui en dire trop...

Je poussai un soupir.

— Maman... je ne sais plus quoi faire. Brianna... Brianna fait des choses que je n'approuve pas...

— Elle prend de la drogue ? Émilie, dis-moi que ce n'est pas la drogue.

Elle déposa sa cuillère de bois pour me regarder droit dans les yeux, à la fois inquiète et furieuse. Des gouttes de sauce éclaboussèrent l'espace de travail.

— Non, maman… Ne t'inquiète pas pour la drogue, ça ne l'intéresse pas. Elle se tient loin de tout ça et tu sais très bien que moi aussi. C'est juste que… je ne sais pas comment le dire… je l'ai vue avec un enseignant…

— Parle plus fort ma chérie, je n'entends pas ce que tu me dis.

— Elle a couché avec un enseignant ! assénai-je. Il est marié !

Ma mère était sous le choc de ma révélation. Elle porta la main à sa gorge, ses yeux exorbités.

— Oh mon Dieu, murmura-t-elle.

Elle ne savait pas quoi dire.

— Émilie, je ne sais pas comment réagir. Je ne croyais pas qu'une telle chose était possible. Comment un enseignant peut-il être aussi irresponsable ? s'insurgea-t-elle.

— Maman, ce n'est pas…

Soudain, comme mue par un ressort, elle abandonna ses fourneaux.

— Je vais appeler la direction de l'école à l'instant !

Elle s'empara du téléphone sans fil et se dirigea vers sa tablette pour chercher le numéro de l'école sur Internet, mais je la stoppai net en hurlant :

— Non ! Ce n'est pas la faute de M. Tremblay. C'est Brianna ! Elle manipule tout le monde autour d'elle !

Je lui arrachai furieusement le combiné des mains.

— Émilie ! Le comportement de ton enseignant est indéfendable ! C'est son devoir de maintenir un comportement irréprochable avec les étudiants. Brianna ne l'a quand même pas menacé avec une arme. Je ne peux laisser passer un tel incident.

Elle tenta de récupérer le combiné. J'esquivai.

— Je ne témoignerai pas.

Je croisai ostensiblement les bras sur la poitrine.

— Je dirai que tu as tout imaginé et que je n'ai jamais rien dit de tel.

Ma mère ne sembla pas du tout impressionnée. Voyant que je n'arriverais à rien avec mes menaces, je me radoucis et je tentai une autre approche.

— Maman, je t'en supplie, n'appelle pas la direction. Ne dis à personne ce que je viens de te confier, jure-le.

Je ponctuai ma déclaration d'un coup de paume sur le comptoir. Ma mère était surprise de ma réaction. Je me calmai un peu.

— Je comprends que tu ne sois pas d'accord, mais tu dois me faire confiance. Je sais que c'est entièrement la faute de Brianna. Nul besoin de briser la vie de M. Tremblay et de sa femme. Certains secrets doivent être gardés.

Ma mère m'évalua. Je croisai les doigts de l'avoir convaincue.

— D'accord Émilie, soupira ma mère. Je ne me mêlerai pas de cette histoire. Qu'espères-tu de moi alors ? Je ne sais pas comment t'aider.

— Oublie ce que je t'ai dit maman, je saurai me débrouiller.

Je bondis du tabouret, qui vrombit en glissant sur la céramique de la cuisine.

— Mais, Émilie, attends !

— Oublie ça, j'ai dit !

Je me précipitai dans les marches menant au sous-sol et m'enfermai dans ma chambre. Je mis mes écouteurs sur mes oreilles. J'espérais que ma mère allait me laisser tranquille. J'avais besoin de réfléchir. Je faisais face à une situation plus compliquée que jamais auparavant. Je faisais les cent pas comme un lion en cage. Réfléchir, réfléchir, réfléchir.

Quelles informations détenai-je ? Je savais que Brianna utilisait des pouvoirs magiques pour obtenir ce qu'elle voulait. À partir de là, comment arriver à la maitriser ? Un flash traversa mon esprit. Évidemment, je devais en apprendre plus sur ses rituels. Je devais connaitre mon ennemie et ses méthodes dans les moindres détails.

Je me précipitai sur mon ordinateur portable et m'installai confortablement sur mon lit en arrangeant les oreillers dans mon dos. Mon esprit se calmait un peu maintenant que j'avais un plan. J'ouvris la page de mon moteur de recherche préféré. Je tapai « incantation magique ». Des millions de pages s'affichèrent. Il y avait tellement d'information : des définitions soporifiques, des incantations, la magie par les pierres, le pouvoir des plantes, l'influence des couleurs... Je ne savais plus où donner de la tête. Il ne restait plus qu'à lire le plus possible, une page à la fois.

Décidée, je survolai les textes et m'attardai aux passages les plus intéressants. Il y avait beaucoup de sorts et de philtres d'amour. La plupart étaient complètement farfelus. Plusieurs des sites manquaient de crédibilité et aucun moyen de savoir lequel de ces sorts Brianna avaient utilisé sur

M. Tremblay. Je ne savais même pas s'il se trouvait parmi eux. Alors, comment trouver un antidote ?

Je me frottai les tempes. Je sentais un mal de tête lancinant se marteler un chemin dans mon crâne. Après avoir fait défiler plusieurs pages, une vague de découragement m'assaillit. Alors, je décidai de changer l'angle de ma recherche. Je tapais « sorcellerie au 21e siècle » dans mon fureteur. Une fois de plus, je parcourus les textes en diagonale. Je tombai sur plusieurs histoires abracadabrantes. Une femme qui était jugée pour sorcellerie en Afrique. Un bébé qui pleurait sans cesse que sa mère croyait ensorcelé. Une enfant qui parlait aux morts. Des lignées de femmes qui propageaient la terreur autour d'elles… Un mot attira mon attention et explosa dans mon cerveau : Ducharme. Le nom de famille de Brianna !

Je lus avec grande attention les paragraphes suivants. L'arbre généalogique de la famille Ducharme remontait jusqu'au Moyen-âge, avant quoi on en perdait la trace. Des évènements inexplicables étaient attribués aux Ducharme. Quelques femmes de la famille avaient été exécutées à Salem, lors de la chasse aux sorcières. Je reculai sur mes oreillers, les mains sur la tête, abasourdie.

— Ça alors ! Je n'arrive pas à y croire. Brianna descend d'une impressionnante lignée de sorcières !

Je passai le reste de la soirée à chercher plus d'information sur sa famille. Je découvris que les femmes Ducharme qui mettaient au monde des sorcières leur transmettaient leur nom de famille plutôt que celui de leur mari. Pas très commode quand vient le temps de se cacher des chasseurs de sorcières. J'imagine qu'elles avaient d'autres façons de se cacher…

Je ne vis pas le temps passer. J'étais absorbée dans ma lecture et il était déjà tard quand ma mère frappa. Je l'invitai à entrer. Elle entrouvrit la porte et s'appuya au chambranle.

— Émilie, tu es toujours debout ? Allez, c'est l'heure de dormir. Tu dois être en forme pour tes cours demain.

— Tu promets que tu ne parleras de ce que je t'ai dit à personne ? lui demandai-je, inquiète.

— Promis. Je ne me mêlerai pas de cette histoire.

Rassurée, j'éteignis mon ordinateur portable à contrecœur et je le déposai sur ma table de chevet. J'étais sur une bonne piste, mais j'avais vraiment sommeil. De toute façon, je n'allais probablement pas trouver de solution ce soir. Mes paupières étaient trop lourdes et ma concentration s'affaiblissait.

— J'enfile mon pyjama et je me couche tout de suite. Bonne nuit, maman.

Ma mère me souhaita bonne nuit et referma la porte. Je me glissai dans mon pyjama, puis entre les fraiches couvertures de coton blanc. La journée avait été épuisante et je n'eus pas de difficulté à m'endormir.

On dit que la nuit porte conseil. Ce fut le cas pour moi.

Aussitôt que j'ouvris les yeux, un éclair de génie frappa mon esprit. Je devais trouver quelqu'un qui saurait se retrouver dans toute cette information, dans l'univers de la magie. Un enseignant, un mentor, qui pourrait me guider et me montrer le chemin à suivre. Seulement ainsi trouverai-je le moyen de mettre un frein aux combines de Brianna.

Enthousiaste, je me tournai encore une fois vers mon ordinateur portable et l'allumai. J'étais impatiente et la machine semblait prendre plus de temps que d'habitude à s'allumer. Je trouverais enfin une personne qui pourrait m'aider.

Il ne me fallut que quelques minutes de recherche pour finalement tomber sur l'annonce de Destinée Lagrande. Sur son blogue sur les sciences divinatoires, elle se décrivait comme une voyante spécialisée dans l'interprétation de la nature. Qu'est-ce que ça pouvait bien vouloir dire ? Lisait-elle dans les feuilles de thé ? Je pouffai de rire à cette idée saugrenue. Comme elle demeurait près d'ici, dans un rang isolé, je décidai de la contacter pour commencer mes recherches.

Je cliquai sur la page de contact et en voyant sa photo, je réalisai que j'avais déjà entendu parler d'elle. Ma cousine était allée la consulter une fois et en avait été renversée. Depuis ce jour, elle croyait aux pouvoirs surnaturels, ce pour quoi elle avait un peu baissé dans mon estime… Avant, comme je ne croyais pas moi-même à ce genre de chose, je n'y avais vraiment pas porté attention quand elle m'en avait parlé… Maintenant, c'était différent. J'espérais que cette femme puisse m'aider.

Nous étions seulement mardi. Encore quatre jours d'école avant la fin de semaine. C'était inévitable, je croiserais Brianna. Il me serait impossible de l'éviter pendant tout ce temps. Je devais agir normalement, prétendre ne pas l'avoir vue sur ce bureau, dans cette pièce, dans les bras de M. Tremblay. Brr. Un frisson infect me parcourut le dos à cette évocation. Je secouai la tête pour chasser ces images dérangeantes de mon esprit.

Je devais pourtant réussir à cacher mon savoir, car je n'étais pas du tout prête à affronter Brianna et la confronter à ses actions. J'espérais en être capable. J'avais tout intérêt à régler ce problème au plus vite. Je devais intervenir rapidement pour éviter que la vie de mon enseignant soit ruinée. Après les cours, je prendrais un taxi pour me rendre directement chez la voyante. Je me félicitai intérieurement pour cet excellent plan.

Encore dans mon pyjama à rayures, je composai sans attendre le numéro de la voyante pour prendre rendez-vous pour l'après-midi même.

— Destinée Lagrande pour répondre à vos questions…

— Bonjour, madame, j'aimerais prendre rendez-vous. Êtes-vous disponible aujourd'hui à quatre heures ?

— Justement j'avais réservé une place pour vous. Je vous attendrais.

Est-ce que j'avais bien entendu ? Elle avait réservé ma place avant même que je l'appelle ? Ça faisait surement partie de son numéro, excellent pour faire croire aux gens qu'elle possède un vrai don.

— Alors je serai là.

Je raccrochais. Cette étrange femme m'intimidait. La consulter me forçait définitivement à sortir de ma zone de confort. Croirait-elle que j'avais perdu la tête en entendant mon histoire ? Pendant un instant, j'éprouvai une envie folle de la rappeler pour annuler mon rendez-vous. Mais le visage souriant de Brianna couchée sur le bureau de l'enseignant de sciences revint hanter mon esprit. Je pris la ferme résolution de tout tenter pour l'arrêter.

Je passai un jeans en vitesse et attrapai une blouse rose. Je donnai quelques coups de brosse à ma chevelure de lionne et j'agrippai mon sac. Un bol de céréales m'attendait sur la table et je dévorai mon déjeuner. Maintenant que je savais quoi faire, j'avais retrouvé l'appétit.

Inutile de dire que je fis de mon mieux pour éviter Brianna pendant la journée. Je n'avais vraiment aucune envie de la croiser. Prétendre que rien ne s'était passé était au-dessus de mes forces. Je n'avais pas beaucoup dormi et de larges cernes soulignaient mes yeux. J'avais tenté tant bien que mal de les dissimuler avec le cache-cerne de ma mère. Le résultat était plus ou moins convaincant et je ne voulais pas avoir à me justifier devant Brianna.

Heureusement, pas de danger que mes amies s'inquiètent pour moi. Elles ne se donnaient même plus la peine de me poser des questions sur ma santé. Elles ne s'intéressaient plus vraiment à moi depuis la fête chez Lucie. Elles s'occupaient surtout de Brianna. Il faut dire que moi non plus je ne leur consacrais plus beaucoup de temps.

Ça m'arrangeait très bien aujourd'hui. Personne à qui expliquer mon air dépité, mes yeux fatigués et mes cheveux en bataille.

Je passai la journée en me faisant discrète. Je longeais les murs tout en jetant des regards furtifs à gauche et à droite afin d'éviter de croiser la route de Brianna.

Je croyais m'en être tiré lors de la cloche de la fin des cours. Je soupirais déjà d'aise à l'idée de me retrouver enfin hors des murs de l'école. Cependant, je m'étouffai en refermant mon casier. Brianna m'attendait. J'avais baissé ma garde et je m'étais fait avoir comme une amatrice. Je donnai un discret coup de pied dans la porte de métal. Je ne pouvais plus l'éviter maintenant.

Brianna s'approcha de moi. Je la saluai d'un signe de tête.

— Salut mon amie !

Je plaquai un sourire sur mon visage. Elle passa le bras par-dessus mes épaules et m'emboita le pas. Elle ne se doutait pas que je l'avais prise en flagrant délit avec un enseignant marié. Elle avait son air frondeur habituel. Je ne lisais aucune culpabilité sur son visage. Je l'avais vraiment sous-estimée. Elle était encore plus diabolique que je ne l'avais imaginé.

Je me défis de son emprise.

— Brianna, je dois me sauver, j'ai un rendez-vous chez… le dentiste. À plus tard !

— Attends, je voulais te demander si tu voulais venir magasiner avec moi…

Je continuai ma route en prétendant ne pas avoir entendu sa phrase. J'espérais qu'elle n'allait pas insister et me suivre. Je croisai les doigts et marchai d'un pas rapide et décidé.

Heureusement, je réussis à me débarrasser d'elle. Je soupirais de soulagement. Je m'étais sentie comme un lapin traqué la journée d'ouverture de la chasse. Mais j'avais un rendez-vous et pas de temps à perdre. Je marchais quelques mètres pour m'éloigner de l'école et de Brianna. Enfin seule, je sortis mon cellulaire de mon sac bleu et appelai un taxi. J'avais sorti de l'argent de mon fond d'urgence pour payer le transport et la voyante. Le taxi arriva rapidement.

J'ouvris la portière du taxi et je me glissai sur la banquette arrière. J'étais contente de ressentir la chaleur de l'habitacle, car la température commençait à descendre en cet après-midi nuageux d'automne. Je me frottai les mains pour les réchauffer.

— Alors, où est-ce que je t'amène ?

— Je vais voir la voyante de la ville, Destinée Lagrande. Vous savez où c'est?

— Ah oui, bien sûr, me dit-il en démarrant. Cette vieille bonne femme a déjà tiré les cartes à ma femme, qui ne jure que par ses prévisions. Moi, je lui dis que ce n'est que de la folie et de l'argent tiré par les fenêtres. Elle m'assure qu'elle voit le futur et la guide sur son « chemin de vie »… Je ne comprends rien à toutes ces sornettes, ajoute-t-il en secouant la tête de dépit.

Adossée au siège, j'écoutais distraitement le discours du chauffeur. J'étais nerveuse à l'idée de rencontrer la voyante. Je n'avais pas trop envie d'en savoir plus sur la magie, mais je ne voyais malheureusement aucune autre solution.

— Après 30 ans de mariage, je sais quand j'ai une chance de la faire changer d'idée ou non. Cette discussion est perdue d'avance et je choisis mes batailles, comme on dit. Ne me dis pas qu'une jeune fille moderne comme toi croit à ces choses ? Sans vouloir t'offenser.

Sa question me tira de ma rêverie.

— Il y a peu de temps, j'aurais été tout à fait d'accord avec vous, monsieur. Mais avec ce qui est survenu dans ma vie, je dois vous avouer que je ne sais plus quoi penser.

Décontenancé, il se tut. Je ne tenais pas à raviver la conversation. Son silence me permettait de me concentrer sur la tâche à venir. Il augmenta le volume de la chaine stéréo. Les arbres défilaient par ma fenêtre. Les maisons se succédaient, puis se firent de plus rares à mesure que nous nous rapprochions de la maison de Destinée Lagrande. J'imaginais que c'était le genre de femme qui recherchait l'isolement. J'aimais la nature, mais pas au point d'aller vivre au fond d'un rang, sans même un lampadaire pour éclairer la rue.

Le taxi se gara en face d'une allée sombre. Je réglai rapidement la note et sortis. La portière claqua derrière moi et le taxi débraya. Anxieuse, je me retrouvai seule dans l'allée sinistre. Le soleil baissait dans le ciel et ses rayons se faisaient de plus en plus rares pour éclairer les lieux. Le chant des grillons s'élevait dans la pénombre.

La maison était d'un style ancien. À première vue, j'évaluai qu'elle devait avoir une bonne centaine d'années. Malgré son âge, je la trouvai bien entretenue. Le recouvrement était en bardeaux de cèdre, un recouvrement typique de l'époque. La porte semblait avoir été repeinte dernièrement, car le blanc était franc. Je n'avais aucunement l'intention de rester plus longtemps à l'extérieur. Je montai à la volée les trois marches de bois grinçantes et frappai à la porte. Elle s'ouvrit et je m'étonnai qu'elle n'émette pas de grincement lugubre.

Une femme intrigante se trouvait devant moi. Elle était ridée, mais semblait posséder une énergie débordante. Ses cheveux étaient longs, ondulés et presque tout blancs. Son regard était jeune et pétillait d'intelligence. Quand elle plongea ses yeux dans les miens, je me sentis violée dans mon intimité. J'eus l'impression qu'elle lisait au plus profond de mon âme.

Je baissai les yeux rapidement pour mettre fin à cette intrusion. Elle s'écarta pour me laisser entrer et referma la porte derrière moi. Je me retrouvai dans une cuisine bien chauffé par le feu de bois qui brulait dans le vieux poêle de fonte.

— Émilie, c'est bien ça ? Je t'attendais. Entre, laisse tes souliers sur le tapis. Je n'aime pas balayer, alors je m'organise pour que le moins de poussière possible franchisse le pas de ma porte.

Elle rit. Je constatai que contrairement aux vieilles sorcières des contes, elle avait encore toutes ses dents.

— Donne-moi ton manteau, je le pose juste ici sur cette patère et nous pourrons commencer.

Elle prit mon manteau et je me penchai pour retirer mes souliers. Elle me fit signe de la suivre.

Je pénétrai dans sa demeure bien ordonnée. À côté de la cuisine se trouvait une petite pièce qui lui servait pour recevoir ses clientes. Évidemment, la plupart de celles qui la consultaient étaient des femmes. Je n'eus pas l'opportunité d'en découvrir plus sur sa maison, car elle m'entraina rapidement et referma la porte derrière moi.

Dans la pièce se trouvait une table ronde recouverte d'une nappe blanche. Tous les murs étaient peints de blanc. Des bougies, blanches elles aussi, illuminaient l'endroit de leur lumière vacillante. L'ambiance était lourde et feutrée. Une odeur que je ne pouvais identifier provenant de bâtons d'encens qui se consumaient lentement sur une table. Leur fumée embaumait l'air et remplissait mes narines.

Destinée se faufila tel un chat agile derrière la table ronde. Elle prit place sur l'imposant siège recouvert de velours rouge matelassé. Elle me fit signe de la main de prendre place sur la banquette de bois brut, en face d'elle. Bien que je ne me sentis pas du tout à ma place dans cet étrange décor, j'étais résolue à rencontrer cette dame. Il valait donc mieux m'assoir.

— Alors ma belle, pourquoi viens-tu me consulter ce soir ?

— Eh bien, c'est assez compliqué. Je ne sais pas par où commencer...

— Alors, laisse-moi t'aider. Tu veux me parler d'une de tes amies.

— Non ! Ce n'est plus mon amie. Elle l'était avant que je découvre qu'elle faisait des choses... des choses affreuses, dis-je en déglutissant péniblement.

Je ne contrôlais plus mes émotions. J'avais chaud, je frissonnais, j'avais une étrange boule dans la gorge et les mains moites. Je sentais que j'étais sur le point d'éclater en sanglot ou de simplement m'évanouir. Mais qu'est-ce qui m'arrivait donc ?

— D'accord, d'accord. Qu'est-ce qu'elle a fait ?

— Elle utilise des... des pouvoirs ! Elle fait de la magie et manipule tout le monde autour d'elle.

Je baissai la tête, embarrassée. Je ne pouvais pas croire que je venais de dire ça tout haut. Cette Destinée avait beau tirer les cartes pour gagner sa vie, elle ne croirait surement pas une histoire aussi farfelue.

Je n'osais lever les yeux vers elle et la regarder. Je me tordais les mains impatiemment, en attendant qu'elle dise quelque chose.

— Continue...

Comment ? Elle me demandait de continuer de raconter mon problème ? Aucune réaction à ce que j'affirmais ?

Je posai les deux mains sur la table et me levai d'un bon enragé.

— Comment pouvez-vous croire à ces sornettes ? affirmai-je avec véhémence. Moi-même qui l'ai vu de mes propres yeux, j'ai peine à y croire.

— Il y a beaucoup de choses que tu ne connais pas encore, ma belle. J'ai vécu longtemps et j'ai été confrontée à toute sorte de situations. Ne crois pas que tu connais tout. Il t'en reste encore à apprendre tel qu'à moi.

J'étais interloquée et soulagée tout à la fois. Je sentais que j'étais venue frapper à la bonne porte. Je décidai de me lancer dans le cœur du problème. À voir sa réaction initiale à mon histoire, elle était probablement capable d'en prendre.

— Tout ça me semble tellement irréel… Je ne sais pas comment réagir. Je dois l'empêcher de nuire. Elle manipule toute l'école pour avoir les meilleurs amis et les meilleures notes. Le pire de tout (un frisson de dégout descendit le long de mon échine alors que les images envahissaient encore mon esprit) elle a séduit notre enseignant de sciences. Il est marié ! Je ne la comprends pas, je suis tellement déçue de son attitude.

Je m'arrêtai pour reprendre mon souffle. Je me rendis compte que j'avais vomi toute mon histoire et mon mépris à toute vitesse, sans m'arrêter pour respirer.

— J'ai une solution à te proposer. Par contre, si tu acceptes, tu devras y consacrer une bonne partie de ton temps. C'est un engagement à long terme et tu devras t'y engager corps et âme.

Je me méfiais un peu de sa « solution ». Je sentais que dès le moment où j'acquiescerais à sa proposition, mon univers allait basculer. N'avait-il pas déjà basculé quand j'avais vu Brianna et M. Tremblay ensemble dans le bureau ?

J'étais venu voir cette femme en espérant qu'elle pourrait m'aider à résoudre ce problème. Maintenant qu'elle m'offrait son aide, j'hésitais.

Destinée me regardait d'un air indéchiffrable. Malgré mon incertitude, je n'avais pas le choix. Brianna utilisait ses connaissances pour manipuler les autres et je ne pouvais la laisser faire.

— Je suis décidée. Je dois faire mon possible pour l'arrêter.

— Très bien. Je peux t'apprendre quelques trucs pour désactiver ses sorts. Tu devras me dire exactement ce qu'elle utilise pour les lancer et nous étudierons les méthodes possibles pour les contrecarrer. Ton apprentissage devra devenir ta grande priorité.

Je hochai la tête pour montrer que j'avais bien compris.

— Je t'avertis que bien que j'aie de grandes connaissances de la magie et une bibliothèque bien fournie, je ne possède que des pouvoirs limités. J'espère que tu as un meilleur potentiel magique que moi, car sinon nous ne pourrons rien faire pour l'arrêter.

J'étais perplexe. Je croyais que les sorts eux-mêmes pouvaient être exécutés par n'importe lequel d'entre nous. Que la « recette » fonctionnait pour n'importe qui, pourvu que les étapes fussent suivies à la lettre. Il semblait bien que non. Je venais de comprendre à quel point je ne connaissais rien à ce monde parallèle que je venais de découvrir et dans lequel je venais de mettre le pied bien malgré moi.

— Comment faire pour évaluer mon potentiel magique ?

— Nous le découvrirons à mesure que tu maitriseras les sorts que je t'apprendrai. Souhaitons que tu sois plus disciplinée et puissante que ton amie. Seulement ainsi, tu pourras mettre fin à son manège. Comment s'appelle-t-elle au fait ?

— Brianna Ducharme.

— Une descendante des Ducharme. Intéressant… Je croyais que la lignée s'était éteinte il y a plusieurs décennies.

Elle tendit la main vers sa bibliothèque et parcourait déjà un livre ancien.

— Qui sont les Ducharme ? lui demandai-je, espérant corroborer les informations glanées sur Internet.

— C'est une lignée qui remonte à des centaines d'années. Originaire de l'Irlande. Plusieurs ont émigré aux États-Unis. Tu connais l'histoire de Salem ?

— Bien sûr.

— Des Ducharme ont péri sur les buchers. Seulement certaines femmes développent un potentiel magique, bien que les hommes portent le gène et puissent le transmettre. De rares hommes sont sorciers, ils sont alors d'une grande puissance.

— Mais alors comment les femmes peuvent-elles transmettre le nom Ducharme, si seulement les femmes sont sorcières ?

J'avais lu la réponse, mais je testais Destinée.

— Les filles qui naissent d'une femme qui porte ce nom et qui possèdent le pouvoir reçoivent le nom de leur mère. Les autres enfants, peu importe leur genre, reçoivent le nom de leur père.

— J'imagine que c'était hors du commun dans une société patriarcale du Moyen-âge. Et même aujourd'hui.

— Depuis la nuit des temps, les sorcières ont toujours été persécutées. Les gens les craignent. Mais elles vivent selon leur propre code. Leur société marginale repose sur des valeurs beaucoup plus féminines.

Ces révélations me portèrent à réfléchir, mais Destinée semblait pressée de revenir sur le cas de Brianna.

— Est-ce qu'elle est bien entrainée ?

— Comment pourrai-je le savoir ?

— Donne-moi toute l'information que tu possèdes sur cette fille. Chaque détail compte.

Elle se leva et alla chercher un carnet relié de cuir. Elle l'ouvrit et prit un stylo pour noter tout ce que je lui disais.

— Elle a mon âge, les cheveux roux et des yeux verts étonnamment perçants. Je sais qu'elle vit avec sa tante depuis peu. Elle m'a déjà dit qu'elle vivait avec elle pour en apprendre plus sur la magie, mais à ce moment-là, j'avais pris cette affirmation avec un grain de sel. Elle est tellement différente. Aussi, je suis allée chez elle. Sa tante possède une panoplie d'objets plus bizarres les uns que les autres dans sa maison.

— Ah oui ? Qu'as-tu vu ?

— Je ne me souviens pas de tout… des pots, de boites de métal, de vieux livres reliés de cuir, des herbes séchées que je ne pourrais identifier. Des trucs de ce genre.

— Typique, marmonna Destinée sans lever les yeux de son cahier.

Elle griffonnait furieusement tous les détails que je lui donnais.

— J'ai vu Brianna faire quelques sorts. Un pour qu'un garçon tombe amoureux de moi…

— Comment ! s'insurgea Destinée. Tu ne peux pas faire une chose pareille, me sermonna-t-elle vertement. Les gens doivent conserver leur libre arbitre.

— Mais je ne pensais jamais que ça allait marcher. De toute façon, ajoutai-je, honteuse, je lui ai demandé d'annuler le sort. Et disons que je me contenterais de dire que ça a marché.

— Dis-moi comment elle a procédé pour que j'analyse son style.

Je fouillai dans ma mémoire pour y déterrer le plus de détails.

— D'accord, quoi d'autre ?

— Je n'étais pas sur place quand elle a fait ses autres sorts, mais j'ai remarqué des changements étranges à l'école. Premièrement, les élèves se sont subitement mis à l'apprécier.

— Un charme de popularité... typique pour une adolescente qui pratique la magie noire...

— Quoi ? Mais elle m'a toujours dit qu'elle ne s'intéressait qu'à la magie blanche.

Ou était-ce moi qui l'avais tenu pour acquis ? Je ne me souvenais plus...

— Ne sois pas naïve, ma chère, dit-elle en claquant la langue. La magie blanche est faite pour le bien et non pour le mal. Brianna utilise la magie sans vergogne pour son propre bénéfice. Ça ne peut être que de la magie noire. Quoi d'autre ?

J'étais étonnée. Je réfléchis à ses paroles. Effectivement, ce qu'elle disait avait beaucoup de sens.

— Hum... Elle a reçu une invitation à la fête la plus branchée de l'école, et ce même sans connaitre Lucie, la fille qui organisait la fête.

Je pris mon courage à deux mains pour poursuivre.

— Finalement, la chose la plus dégoutante qu'elle ait faite : séduire notre fascinant enseignant de sciences, M. Tremblay. Elle n'a aucune conscience.

— Je vois que cet agissement t'a marqué.

— Oui. Je les ai vus ensemble...

— Mais tu as profité de ses autres sorts, n'est-ce pas ?

— Oui, je sentais que c'était mal, mais c'était si enivrant ! J'avais enfin toute l'attention et l'amitié que je pouvais désirer.

J'avais honte et le rouge me monta aux joues. Je baissai la tête. Je savais que j'avais mal agi. Destinée referma son cahier dans un grand mouvement théâtral. Elle se pencha vers moi, le visage très sérieux. Les bougies dessinaient des ombres inquiétantes sur son visage.

— Si tu deviens mon élève, tu devras jurer de n'utiliser la magie que pour le bien. Tu ne pourras pas utiliser tes connaissances pour te donner un avantage injuste par rapport aux autres. Tu seras confrontée à des situations difficiles, mais ce que je vais te montrer ne devra pas te servir d'outil malsain. Est-ce que tu me comprends bien ?

— Oui...

— Alors, jure-le sur ce que tu as de plus précieux, m'intima-t-elle.

— Je le jure sur la tête de ma sœur !

— Parfait, dit-elle en se levant d'un bond.

Elle sortit de la pièce étouffante pour se diriger dans sa cuisine. Je lui emboitai le pas, me demandant ce qu'elle mijotait. Elle se dirigea vers une porte et l'entrouvrit pour dévoiler une grande pièce remplie de vieux livres poussiéreux. Une odeur de moisi m'emplit les narines.

— Voici un livre pour débutant. Je maitrise tous les sorts qui sont présentés à l'intérieur.

Elle me jeta le livre entre les bras. J'ouvre le livre au hasard et feuillète quelques pages.

— Je te le prête jusqu'à la semaine prochaine. Tu devras les étudier et les apprendre.

— De plus, prends un carnet et notes-y tout ce que tu découvriras sur Brianna. Je veux savoir à quel type de sorcière nous avons affaire. Certaines peuvent être très puissantes et j'espère que ce n'est pas le cas de cette Brianna. Sinon, seul le ciel pourra nous venir en aide...

Elle me poussa hors de sa bibliothèque. Apparemment, notre entretien était terminé. Je pris mes affaires et le livre. Je sortis pour aller rejoindre le taxi qu'elle avait déjà rappelé.

En chemin vers la maison, je revoyais ma rencontre avec la voyante. Nous avions rendez-vous le samedi suivant. Ça me donnait peu de temps pour parcourir le livre d'une centaine de pages qui se tenait sur mes genoux, étudier pour mon examen de mathématiques et espionner Brianna. J'avais souhaité avoir une vie plus excitante et maintenant j'étais servie plus que je ne l'aurais voulu.

Une fois arrivée bien au chaud dans ma chambre, je m'installai sous les couvertures avec un bloc de papier. Bien que j'eusse sommeil après une journée aussi mouvementée, je devais dresser une liste précise de tout ce dont j'allais avoir besoin pour ma nouvelle double vie en tant qu'apprentie sorcière. Justement, la chance me souriait puisque ma mère m'avait invitée à aller faire des courses le lendemain. Je devais être préparée.

Tout en haut de ma liste d'achat, je commençai en inscrivant un carnet d'espionne. Ensuite, je mis ma liste de côté et consultai le livre de Destinée afin de découvrir le matériel dont j'aurais besoin pour pratiquer les sorts qu'elle m'avait demandé d'expérimenter. Il y avait beaucoup d'outils et d'ingrédients dont j'aurais besoin. Plus ma liste s'allongeait, plus je devais me rendre à l'évidence : je devrais encore une fois piger dans mes économies pour acheter tout ce qui s'y trouvait. Je poussai un soupir de résignation.

Le jeudi soir, j'étais prête pour ma séance de magasinage. J'avais trouvé un bon prétexte pour me séparer de ma mère une fois sur place. Je n'aurais su quoi lui dire pour justifier l'achat de multiples chandelles, herbes, pots, dague et autres objets bizarres.

Je réussis à tout trouver dans un temps record. J'étais soulagée. Je n'avais pas pensé que ce serait si facile. Peut-être la chance allait-elle me sourire pour de bon cette fois ?

Je ne savais pas à quel point je me trompais.

Mon téléphone cellulaire vibra dans mon sac à main bleu. Je le sortis. Je venais de recevoir un texto de William. « J'ai hâte à notre rencontre. Je passe te prendre à 7 h. »

Merde ! Avec toute cette histoire, j'avais complètement oublié mon rendez-vous avec William. Je n'avais rien à me mettre. Paniquée, j'entrai dans une boutique pour y dénicher un haut pour cette sortie.

L'heure avançait et je devais retrouver ma mère à la porte 8. Je cachai mes étranges achats du mieux possible, sous quelques vêtements achetés à la hâte. Ainsi, quand ma mère, curieuse, demanda à voir mes acquisitions, elle n'aperçut que les chandails et non les objets dissimulés dessous. Je me félicitai de ma supercherie. Je la poussai déjà vers la sortie.

— Maman, j'ai complètement oublié de t'en parler… J'ai un rendez-vous ce soir.

— Ah oui !? Comment as-tu pu oublier ? Avec qui ?

— Avec William.

— William ? Tu ne m'as jamais parlé de ce garçon.

— Il était avec nous à Montréal, pour le concours de cristaux…

— Émilie ! J'aurais préféré que tu m'en parles avant ! En plus, un jeudi, un soir de semaine. Tu sais très bien que je ne suis pas d'accord pour que tu te couches tard les soirs d'école.

— Allez, maman, je veux y aller ! J'ai déjà dit oui.

— Vous allez où ?

— Au cinéma, rien de dangereux ni de criminel.

Elle soupira. Je sentais qu'elle était sur le point de céder.

— D'accord. Mais je tiens à le rencontrer avant votre sortie. Et tu dois être de retour à 22 h maximum. Ensuite, tout de suite au lit.

— OK, nous irons à la représentation de 19 h 30, consentis-je.

J'étais prête à accepter toutes ses conditions, pourvu qu'elle me laisse sortir.

— William sera là à 19 h.

Ce sujet clos, je discutai distraitement avec ma mère sur le chemin du retour. Je ne pouvais m'empêcher d'avoir hâte d'essayer tous les sorts que j'avais découverts hier. Lors de ma lecture, j'en avais sélectionné et j'avais conçu un horaire serré pour ne rien négliger. J'en ai prévu cinq pour commencer à me faire la main dès aujourd'hui : un pour chasser la malchance, un pour assurer la protection (à faire pour chaque membre de ma famille), un pour attirer la prospérité (un peu égoïste, mais comme il faisait partie du livre donné par Destinée, j'imagine qu'elle l'approuvait malgré son avertissement), un pour savoir si j'étais victime d'un envoutement et le dernier pour susciter des rêves prémonitoires (ça pourrait être très utile).

Je me précipitai dans ma chambre et barrai la porte. Ma mère devait être habituée à mes cachoteries, car elle ne me posa pas de questions. Je me mis à l'œuvre sans tarder. Je ne vis pas le temps passer. Quand ma mère m'appela pour le souper, je lui criai de ma chambre que je n'avais pas faim. Pas question d'interrompre ma séance d'étude de la magie puisqu'il ne me restait qu'une demi-heure avant l'arrivée de William.

Je commençai par le sort pour chasser la malchance, car il était des plus simples (bien qu'assez étrange). J'allumai des bougies blanches et les disposai dans un cercle au sol. Je pris soin de bien sécuriser le tout, car je n'avais aucune envie de mettre le feu à la maison. Quelle ironie ce serait que de passer au feu à cause d'un sort contre la malchance.

J'allumai l'encens de rose comme indiqué dans le livre et je l'envoyai en direction des quatre points cardinaux. Ensuite, je pris un pot de verre et y déposai par couche les objets suivants : des clous rouillés dénichés dans le garage, des épingles, de la vaisselle brisée et des cailloux. Je refermai le pot et le scellai avec la cire. Je récitai quelques paroles en soufflant de l'encens sur le pot.

Je regardai le contenant à la lueur des bougies, satisfaite. Ma nouvelle profession me réussissait à merveille. Enfin, j'avais accompli toutes les étapes rigoureusement, mais comment évaluer si je l'avais bien réussi ? Je n'étais pas une fille maladroite de nature, donc je n'allais peut-être jamais vraiment savoir si mon sort avait marché et encore moins évaluer ma puissance.

Je passai au deuxième sort prévu au programme : celui pour attirer la protection. J'avais besoin d'un nouveau pot et les bougies étaient déjà toutes disposées au sol. Quelle efficacité ! Réaliser les sorts à la suite les uns des autres allait drôlement vite.

Premièrement, j'inscrivis à la main le nom de chacun des membres de ma famille sur des morceaux de papier jaunes. À chaque pièce déposée dans le fond du pot, je prononçai l'incantation magique inscrite dans le grimoire :

— Protège cette personne, qui compte énormément à mes yeux.

Ensuite, je disposai une pincée de chacun de ces ingrédients : sel, basilic, sauge, graines de sésame, poudre d'ail et poivre. L'odeur qui s'élevait du mélange était déconcertante. Je crus pendant un instant qu'une fumée s'élevait du pot tellement la senteur était forte. Je secouai vigoureusement la tête pour me ramener à la réalité. C'était impossible. J'avais beau croire à la magie maintenant, mon esprit rationnel demeurait bien éveillé et luttait pour expliquer ce qui arrivait.

À présent, les dernières instructions du sort m'indiquaient de cacher ce pot dans un endroit où il ne sera jamais déplacé. Je décidai de le cacher au fond de la garde-robe du sous-sol. Il y régnait un désordre indescriptible et personne ne l'y découvrirait.

— Émilie ! William est ici.

Oh non ! Je n'avais vraiment pas vu le temps passer. Maintenant, mon estomac criait famine.

J'éteignis les chandelles à la hâte et les rangeai sur la tablette de ma bibliothèque blanche en m'assurant qu'elles ne touchent à rien pour ne pas que la maison parte en fumée. Je sortis de ma chambre et j'ouvris la porte du placard. Un ballon me tomba sur la tête. Je poussai un soupir de découragement devant ce désordre indescriptible. Je plaçai le pot le plus loin possible, en tendant le bras entre les objets et en le poussant dans les profondeurs du bazar.

Je me frottai les mains avec satisfaction pour en déloger la poussière. Deux sorts lancés sans anicroche, j'avais eu une soirée productive !

De retour dans ma chambre, je fouillai dans les sacs du magasin pour y trouver le chandail que j'avais acheté spécifiquement pour ma sortie avec William. J'arrachai l'étiquette, l'enfilai en vitesse, appliquai du mascara à la hâte et attrapai mon sac en quittant ma chambre. Je brossai mes cheveux avec mes doigts en grimpant l'escalier à toute vitesse.

William était dans l'entrée, en train de subir l'interrogatoire en règle de mes parents. Ma sœur courrait dans le salon en faisant voler sa poupée préférée, tel un super héros.

— Salut William ! Allons-y, nous allons être en retard pour le film.

J'agrippai avec un peu trop de vigueur le bras de William et fonçai vers la sortie, espérant ainsi éviter que la conversation avec mes parents se prolonge. Ils ne pouvaient que m'embarrasser.

— Un instant, Émilie. J'aimerais en savoir un peu plus sur William, déclara ma mère.

William se tourna vers elle.

— Émilie m'a dit que toi aussi, tu avais participé au concours de cristaux ?

— Oui, effectivement madame Roy. Mais nous n'avons pas aussi bien réussi qu'Émilie et Brianna. J'adore les sciences.

Ma mère poussa un petit gloussement approbateur. Je savais bien qu'elle m'embarrasserait. Je sentis le rouge me monter aux joues. Mon père se mit de la partie :

— Tu es sérieux à l'école ? Tu rends tes devoirs à temps ? Tu as de bonnes notes ?

Misère. Mon père défilait toutes ces questions, sur un ton antipathique, comme un agent secret de la GRC. Je pris la défense de William.

— Papa ! William n'a rien à se reprocher. Je crois savoir qu'il se débrouille très bien en classe. De toute façon, nous allons seulement au cinéma, pas besoin de connaitre sa moyenne générale.

Décidée, je l'entrainai une fois de plus vers la sortie. Mes parents devaient être satisfaits, puisqu'ils ne tentèrent pas de nous retenir une seconde fois.

— Bonne soirée, Monsieur et Madame Roy, glissa rapidement William avant que je ne referme la porte.

Une fois à l'extérieur, William essuya une goutte de sueur qui lui perlait au front. La voiture de la mère de William, une Nissan noire qui avait déjà quelques années, était garée juste devant la maison. Je partis d'un pas déterminé vers le véhicule, encore remontée par cet échange gênant.

J'étais distraite tout le long du parcours. Je ne pouvais m'empêcher de penser à Brianna. William faisait un effort admirable pour soutenir la conversation, que je ponctuais de « hum » et de « ouais ».

D'humeur maussade, je n'avais pas trop envie de voir un film romantique. Heureusement, William me laissa sélectionner un film d'action : Iron Man.

Affamée, je me dirigeai aussitôt vers le maïs soufflé.

— Tu as faim ?

— Et comment !

William nous commanda chacun un trio comprenant maïs soufflé, barre de chocolat et boisson gazeuse. Ma nourriture préférée !

Pendant plus d'une heure, les explosions m'aveuglèrent, m'étourdirent et me rendirent à moitié sourde. J'étais complètement plongée dans l'histoire quand William prit ma main dans la sienne. Elle était chaude. Je le regardai, rouge comme une pivoine, en laissant ma main dans la sienne. Il me fit un sourire radieux avec ses belles dents blanches. Mon cœur se mit à battre à toute vitesse. Quelle chance j'avais ! Ce beau gars qui s'intéressait à moi.

Une fois le film terminé, William ne lâcha pas ma main. Il me conduisit à la voiture et j'entendis le son accompagnant le déclenchement des serrures.

Sur le chemin du retour, j'étais trop gênée pour parler. Normalement, j'aurais aimé discuter du film, mais William me l'avait fait oublier si vite. Il conduisait d'une main, l'autre tenant encore la mienne.

Arrivés à ma maison, il stationna la voiture et se pencha vers moi. Une bouffée de chaleur m'envahit. Je fermai les yeux et me penchai vers lui. Je vis des étoiles. Il embrassait beaucoup mieux que Christian.

— Merci pour cette belle soirée, Émilie, dit-il simplement en décochant un superbe sourire.

— Merci à toi de m'avoir invitée, répondis-je, heureuse.

Je sortis et refermai la portière. William démarra la voiture et s'éloigna. Je flottais en passant le seuil de la porte.

— Émilie ! Tu arrives pile à l'heure.

Je sursautai. Mes parents m'attendaient (évidemment), confortablement installés sur le sofa. Ils dégustaient du maïs soufflé en regardant un film.

Je pris place avec eux et leur racontai vaguement ma soirée avec William, retenant avec peine le sourire béat qui menaçait constamment de franchir mes lèvres.

— Il a l'air gentil, ce William. Il me plait plus que Christian, commenta mon père.

— Sylvain ! protesta ma mère en lui donnant un petit coup de coude.

— Allez, au lit maintenant.

Je descendis à ma chambre et m'installai confortablement sur mon lit. Rêveuse, je me remémorai la très belle soirée que j'avais passée en compagnie de William. J'étais sur un nuage. J'avais des papillons dans le ventre. Il avait été très gentil et j'aimais le gout de ses lèvres sur les miennes. Je les touchai, me remémorant son baiser. Un rapide coup d'œil à mon réveil matin me ramena brusquement à la réalité. Déjà 22 h 23 ! J'en oubliais presque mes problèmes avec Brianna. Même s'il se faisait tard, je devais continuer mes études de magie et les trois sorts qui suivaient semblaient un peu plus compliqués à mes yeux de débutante.

Déterminée, j'ouvris le livre à la page indiquée.

— Allons maintenant attirer la prospérité, dis-je en soupirant.

Destinée m'avait clairement dit que je ne devais pas utiliser mes pouvoirs pour mon bien personnel. Alors, pourquoi ce sort existait-il ? Comme je ne souhaitais pas que Destinée me réprimande, je décidai de lancer le sort au bénéfice de quelqu'un d'autre. Qui choisir ? Si je choisissais ma famille, j'allais en profiter moi aussi, donc ce n'était pas bien non plus… Pourquoi pas ma voisine dans ce cas ? Je la trouvais sympathique. Elle avait déjà pris soin de moi à quelques reprises quand j'étais petite et que ma mère avait une urgence à régler. Elle me saluait toujours quand je la croisais dans le quartier. Puisque son mari l'avait laissée seule avec deux enfants, j'imagine qu'elle n'avait pas énormément d'argent pour payer ses comptes et gâter ses fillettes. Mon choix était fait.

Satisfaite, j'analysai les matériaux requis. Catastrophe ! J'avais besoin de sa photo.

Je me rendis sur Internet pour effectuer une recherche sur elle. Sylvie Roy. Je ne croyais pas que ce serait si facile. Sur Facebook, j'eus en quelques clics de souris accès à sa photo de profil. Je sélectionnai la photo pour la copier et l'agrandir. Parfait pour effectuer mon sort. Je l'imprimai en couleur et en découpai le tour.

Je devais maintenant utiliser des bougies vertes plutôt que des blanches. J'appris que le vert est la couleur qui représente la prospérité. J'en allumai quatre et les disposai dans aux quatre points cardinaux : nord, sud, est et ouest.

Je pris un stylo vert et je traçai le signe « $ » placidement aux quatre coins de la photo de ma voisine. Dans un petit sac de velours vert, je plaçai quatre graines de maïs, quatre graines de sésame, quatre grains de gruau et finalement quatre grains de poivre. Je pliai la photo en deux, puis encore en deux (formant quatre parties) et la plaçai dans le sac. Je déposai le tout sous mon oreiller. Je devais dormir avec pendant une semaine et au bout du septième jour, la chance sourirait à ma voisine. J'avais bien hâte de voir ce qui lui arriverait et je souris en pensant à ma bonne action. Restait à attendre le résultat.

J'éteignis les bougies vertes pour en allumer des violettes. Dans mon livre, on indiquait que la couleur violet accroit les compétences psychiques. J'en déduisis qu'elles m'aideraient à découvrir si j'étais victime d'un enchantement. J'effectuai le même rituel en les disposant aux quatre points cardinaux pour former mon cercle magique.

Ensuite, je versai de l'eau dans un bol de verre profond en récitant cette incantation à voix haute :

— Eau limpide, révèle-moi si quelqu'un se joue de moi. Montre-moi si je suis victime d'un envoutement.

Je pris une photo de moi et la glissai dans l'eau. À ma grande surprise, mon image s'estompa. J'étais scandalisée. La bonne nouvelle, c'était que j'avais indubitablement réussi le sort. La mauvaise, c'était que j'étais victime d'un sort. Je bouillais de rage à l'idée que Brianna m'ait fait une chose pareille. Je n'allais pas rester sans rien faire.

Je bondis sur mes pieds tel un ressort et arpentai la pièce comme une tigresse en cage. J'avais du mal à me contenir. Pourquoi me jeter un sort ? Que voulait-elle donc que je fasse ? Est-ce que c'était la cause de notre amitié ? Je n'arrivais pas à cerner la raison pour laquelle elle voulait m'ensorceler, me manipuler.

Comme je ne me calmais aucunement, je décidai de prendre mon journal et je notai rageusement tout ce qui me passait par la tête : ma rage de découvrir que j'étais victime d'un envoutement, ma déception relativement au comportement de Brianna (comme j'avais souhaité être son amie ! comme elle m'avait bernée !), mon désir de retrouver une vie normale et de tout oublier de la magie, autant la blanche que la noire.

Il me fallut une heure pour me calmer. Mon crayon s'essoufflait et je sentis que j'avais retrouvé la maitrise de moi. Il me restait du pain sur la planche et ce n'était pas le moment d'abandonner.

Finalement, j'étais prête pour le dernier sort sélectionné pour la journée : celui pour susciter les rêves prémonitoires.

Il me suffisait de déposer quelques gouttes d'huile essentielle sur un morceau de tissu absorbant pour ensuite le placer à quelques centimètres de mon nez lors de mon sommeil. J'ouvris la première petite bouteille d'huile essentielle de jasmin. J'en mis deux gouttes sur le tissu, qui l'absorba goulument. Ça sentait fort ! J'ouvris la deuxième bouteille : huile essentielle de lavande. Encore une fois, je laissai tomber deux gouttes. L'odeur était un peu plus agréable, mais très forte. Dernière bouteille, c'était du millepertuis. La combinaison était intense et déplaisante. Je n'avais pas le choix de m'y faire, puisque le livre m'apprenait que l'odeur pouvait durer des mois et que j'aurais à dormir en respirant ce mélange.

Il était minuit passé lorsque je mis fin à ma séance de magie. Je m'assurai que toutes les bougies étaient bien éteintes et je cachai tous les objets dans ma garde-robe. Mes paupières étaient lourdes, mais j'éprouvais une grande satisfaction. Je montai à l'étage pour souhaiter bonne nuit à mes parents avant de me mettre au lit. L'odeur des huiles essentielles m'emplit les narines, mais par chance j'étais tellement épuisée que je m'endormis rapidement.

Le lendemain, je me réveillai déçue. Je n'avais eu aucun rêve prémonitoire. Est-ce que ça voulait dire que le sort n'avait pas marché ? Que je ne possédais pas de pouvoirs magiques ? Ou simplement que je ne m'en souvenais pas ? Je ricanai avec dépit. Très pratique d'avoir des rêves prémonitoires quand on ne se les remémore pas au réveil. Je tapai dans mon oreiller. C'était frustrant d'avoir autant de questions et aucune réponse. Je devais être patiente.

Le dimanche suivant, je déjeunai avec ma mère. Mon père était déjà parti faire des commissions avec ma sœur. Je dégustai mes céréales en silence. Ma mère ne s'en formalisa pas. Elle non plus n'était pas du genre matinal et ne parlait pas beaucoup avant son deuxième café. Normalement, ça me dérangeait, mais aujourd'hui ça m'arrangeait. Je n'avais pas les idées assez claires pour faire face à un interrogatoire.

Je n'avais rien prévu cette journée-là. C'était une journée assez froide pour la saison. Je décidai qu'il serait mieux pour moi de passer du temps à étudier mon prochain examen de français et aussi de continuer à lire le livre que Destinée m'avait prêté.

La semaine se poursuivit ainsi. Ma vie prenait un tour irréel. Entre l'étude de la magie, la pratique de sorts, les cours, les devoirs et les examens, il ne me restait pas de temps pour quoi que ce soit d'autre.

J'avais confronté Brianna depuis que j'avais découvert qu'elle m'avait lancé un sort. Elle avait tout nié en bloc. On ne se parlait plus depuis, et par conséquent je me retrouvais souvent seule.

Brianna poursuivait sa vie comme elle l'entendait. Elle savait que je désapprouvais ses choix. La voir se pavaner dans les corridors de l'école me rendait malade. Quand je la croisais, soit elle m'ignorait complètement, soit elle me lançait un clin d'œil entendu, comme si j'étais complice de son comportement. Cette attitude me hérissait au plus haut point.

Est-ce que je devrais subir ça jusqu'à la fin du secondaire ?

Les jours passèrent. Le jeudi, jour de l'Halloween, il y avait beaucoup de fébrilité dans l'air à l'école. Les membres du conseil étudiants organisaient une vente de cartes. On disposait de la journée pour écrire à tous nos amis, puis les cartes étaient distribuées à la fin de l'après-midi, au dernier cours.

Les élèves se ruaient à la table installée pour l'évènement, choisissant des cartes ornées de sorcières, de monstres, de zombies et d'araignées. Ajoutant à l'excitation, le vendredi soir, donc demain, il y avait une grande fête d'Halloween organisée pour tous les étudiants dans la cafétéria. Ils discutaient en riant de leur costume pour l'occasion.

De mon côté, je n'avais pas le cœur à la fête. Bien que je ne doutais pas que j'allais recevoir des tonnes de cartes avec ma nouvelle popularité, je savais qu'aucune ne serait sincère. Tout cela était dû à la magie de Brianna.

Le moment venu, c'est donc avec une joie feinte que je pris la pile de cartes que me tendait le vice-président du conseil étudiant. Je dépliai chacune des cartes sans grand intérêt lorsqu'une attira mon attention. Elle provenait de William.

Chère Émilie,
Je ne suis pas bon avec les mots, alors je te le demande simplement :
Veux-tu m'accompagner à la soirée d'Halloween ?
William

Rougissant, je repliai le carton avec bonheur. Même si je ne lui avais pas consacré beaucoup de temps, William continuait à penser à moi. Soudain paniquée, je réalisai que je n'avais même pas de costume pour la fête, puisque je n'avais eu aucune intention de m'y rendre. La cloche sonna.

Brianna me rejoint à ma case.

— Allez, veille amie, oublions le passé. Tu devras te faire à l'idée de toute façon, tu ne peux rien faire pour m'arrêter. Pourquoi ne pas profiter de cette vie que j'ai créée pour nous ?

Je ne répondis rien. J'en avais assez de me chicaner avec ma seule véritable amie. J'avais passé toute la semaine toute seule, à l'éviter, soit dans la cafétéria, la salle d'informatique, la bibliothèque et même les toilettes. Une semaine infernale.

Sentant ma résistance fondre, elle en profita pour m'inviter chez elle.

— J'ai de super costumes chez moi pour la fête de demain. Ne te préoccupe de rien.

Je souris. Ma vie ne manquait plus de piquant grâce à elle. Est-ce que c'était vraiment elle, après tout, dans la salle avec M. Tremblay ? Les images étaient floues dans ma tête et je m'étais sauvée si précipitamment que je n'étais plus tout à fait certaine d'avoir bien vu. Et puis, peut-être que j'avais mal exécuté mon incantation et qu'en fait je n'étais pas réellement sous l'influence d'un sort. J'en avais assez de me trainer, l'âme en peine, dans les couloirs de l'école, invisible aux yeux de tous, tel un fantôme.

Comme prévu, c'est dans sa chambre que je me préparai pour la fête. J'avais accepté l'invitation de William. Nous devions nous retrouver directement à l'école.

Brianna jacassait comme une pie. Elle était visiblement ravie de sortir.

— Moi aussi, j'ai un accompagnateur. Mais c'est un secret, tu le découvriras ce soir, me nargua-t-elle avec un clin d'œil.

Je me rembrunis. Elle n'allait quand même pas pousser l'audace jusqu'à s'afficher avec M. Tremblay, l'enseignant de sciences marié.

Décidée à profiter de ma soirée, je chassai ces idées maussades en secouant la tête. Brianna examina le fond de son placard et en ressortit deux déguisements identiques… de sorcières.

Elle n'arrêtait donc pas de me surprendre.

Des bottes noires montant aux genoux aux talons vertigineux, une minirobe noire à fines bretelles ainsi qu'un chapeau pointu à large bord. Wahou ! Nous allions être le centre d'attraction à cette fête.

Je me précipitai sur le costume et l'enfilai. Brianna se retourna fit de même. Ensuite, elle me maquilla outrageusement. Mes yeux étaient soulignés d'un épais trait noir et mes cils fardés de mascara. Pendant qu'elle se maquillait à son tour, j'enfilai les longues bottes de cuir. Je déposai le chapeau sur mes longs cheveux châtains.

— Ne manque plus que le dernier accessoire, affirma Brianna.

Elle se tourna vers un grand coffre qui trônait au fond de la pièce. Elle en sortit deux tiges taillées dans le bois.

— Est-ce que ce sont d'authentiques baguettes magiques ? demandai-je, incrédule.

— Ne sois pas ridicule, se moqua-t-elle.

Elles étaient donc fausses… Un peu déçue, je pris celle qu'elle me tendait. J'aurais bien aimé avoir une baguette magique entre les mains.

— Bien sûr qu'elles sont vraies.

Je m'étouffai de surprise.

— Elles ont été transmises de génération en génération, alors fais-y attention ! La tradition des baguettes s'est un peu perdue, je l'avoue. Je ne sais pas vraiment comment m'en servir. Je préfère les rituels et les incantations.

J'inspectai la mienne de plus près. Rien de particulier n'attira mon attention. Je pris une note mentale de questionner Destinée à ce sujet lors de notre prochaine rencontre.

Brianna vint me rejoindre et nous nous plantâmes devant le grand miroir de sa chambre.

— Wow ! laissai-je échapper.

Brianna jubilait visiblement. Avec raison. Nous allions être les vedettes de cette soirée, manipulation ou pas.

Elle agrippa son téléphone cellulaire pour nous prendre en photo avant le départ.

— Allons-y mon amie ! Que la fête commence.

Sa tante nous déposa à la fête, qui battait déjà son plein.

Toute l'école était plongée dans le noir, à l'exception de la cafétéria. Par la fenêtre, nous voyions des lumières orangées qui se balançaient dans tous les sens, des stroboscopes qui s'allumaient par intermittence, le tout dans une ambiance festive. La musique jouait assez fort pour que nous puissions l'entendre de l'extérieur. Une brise glaciale passa, assaillit mes genoux nus et se glissa sauvagement sous mon manteau, me poussant vers la porte.

À l'entrée, deux étudiants du conseil des élèves, un déguisé en Superman et l'autre en chat, nous accueillirent. Frissonnante, je réglai le prix d'entrée et le chat m'estampilla le dos de la main d'une image de citrouille.

Dans la cafétéria décorée de guirlandes orange et noires, il y avait des groupes d'étudiants dans tous les coins. Plusieurs discutaient en hurlant pour couvrir la musique tandis que quelques-uns, plus téméraires, s'activaient sur la piste de danse. Brianna et moi nous faufilions dans la foule, attirant sur nous tous les regards. Je souriais de toutes mes dents. C'était trop bien d'être populaire ! Je marchais avec fierté, faisant claquer mes talons hauts sur le sol, comme si j'étais un mannequin international défilant sur une passerelle. Comme dans les films de filles, j'avais l'impression que tout se déroulait au ralenti, mes cheveux bougeant autour de mon visage au rythme de mes pas. C'était trop cool ! Je pourrais vraiment prendre gout à ce genre de vie. Je souris à Brianna.

Je cherchai William du regard quand deux mains se plaquèrent sur mes yeux.

— Devine c'est qui, gronda une fois caverneuse à faire peur.

— William, lâche-moi, dis-je en riant.

— Comment m'as-tu reconnu aussi facilement ? J'ai changé ma voix, demanda-t-il, déçu d'avoir été démasqué aussi vite.

Il était très sexy dans son costume d'homme des bois : des bottes à cap, une chemise rouge à carreaux, des bretelles orange et une fausse barbe collée au visage.

Je déposai un rapide baiser sur sa joue rugueuse. Il me sourit, ravi.

— Tu es magnifique, petite sorcière.

— Toi aussi, bredouillai-je en rougissant, surprise du compliment.

— Je vous laisse les amoureux, quelqu'un m'attend, cria Brianna pour couvrir le bruit de la musique.

Je rougis. Quand même, nous n'étions pas encore rendus à s'appeler « des amoureux » ! Je la regardai s'éclipser dans la foule.

— Tu veux quelque chose à boire ? me proposa William. Jus, liqueur ou eau, c'est ce qui se trouve au menu ce soir.

Une main douce appuyée dans mon dos, il me guida vers la petite fenêtre où les étudiants patientaient pour commander. Dans la file, je ne pouvais me concentrer sur ce que William me disait. Rongée par la curiosité, je cherchais Brianna dans la foule. Les stroboscopes m'aveuglaient par moment et il faisait si sombre que je n'y voyais plus rien. Elle devait bien être quelque part.

— Tu m'écoutes, Émilie ?

— Hein euh quoi ? Oui, oui, bien sûr.

Il n'était pas du tout convaincu, je le voyais bien sur son visage.

— J'étais en train de te parler de mon tournoi de badminton. C'est un tournoi très important...

— Qu'est-ce que je peux vous servir ?

Une étudiante déguisée en paysanne avec un bonnet blanc, une grosse robe beige et un tablier blanc nous souriait.

— Un Pepsi diet pour moi, répondis-je

— Un Pepsi pour moi, ajouta William.

William régla la note pour nous deux.

— Merci, lui dis-je en décapsulant la canette.

— À ta santé, ajouta-t-il en entrechoquant la sienne sur la mienne.

Nous nous glissâmes dans la foule, qui prenait de l'ampleur, pour rejoindre son groupe d'amis. Je cherchais toujours Brianna, introuvable.

— Je vais aux toilettes, tu m'attends ici ? glissai-je dans l'oreille de William.

— Je ne bougerai pas, me promit-il en déposant un doux baiser sur ma joue.

Je sentis mon cœur s'emballer. Je crois que je pourrais réellement tomber amoureuse de cet homme.

Heureuse, je me dirigeai vers les toilettes. La foule épaississait et je peinais à me frayer un chemin dans cette mer humaine.

C'est à ce moment que je la vis. Elle était appuyée sur un garçon, le prenant en sandwich contre le mur. Ils s'embrassaient passionnément, ses mains d'homme viril lui pétrissant les fesses avec ardeur, elle se frottait sur lui langoureusement. En public ! Brianna n'avait décidément aucune gêne.

Je m'approchai pour découvrir l'identité de son mystérieux rendez-vous. Mon cœur fit un bon dans ma poitrine quand je le reconnus.

Christian.

Elle sortait avec Christian Dubé !

Comment pouvait-elle me faire ça ?

À ce moment précis, elle se détourna de lui. Ses yeux verts se braquèrent sur les miens.

Dans tous mes états, je me ruai vers les toilettes. Je fouillai frénétiquement dans mon sac pour mettre la main sur mon téléphone.

— Allo ?

— Maman ? Maman ! Viens me chercher immédiatement, dis-je en pleurnichant.

— Émilie ? Qu'est-ce qu'il y a ? Es-tu blessée, tu vas bien ? me répondit-elle, affolée.

Je repris une voix plus normale pour la rassurer.

— Ne t'inquiète pas, je vais bien. Viens juste me chercher. Je t'attendrai à la porte de la cafétéria, tu te souviens laquelle ?

— Oui, oui, pas de problème, j'arrive tout de suite.

Elle raccrocha.

Je sortis des toilettes et fonçai vers William. Mes yeux s'acclimataient de nouveau à l'obscurité qui régnait dans la pièce.

— William, je dois partir. Merci pour la soirée. On se revoit lundi.

— Voyons, Émilie, que se passe-t-il ? Pourquoi tu pars si tôt ?

À court d'idées, je lui sortis la première excuse qui me vint en tête.

— J'avais oublié que je dois vraiment travailler sur un projet, pour le cours de chimie. Bye !

Je déposai un rapide baiser sur sa joue. Une main se referma sur mon bras alors que je partais.

— Émilie ! Tu pars déjà ? ricana Brianna.

Il ne manquait plus que ça. Je tentai de dégager mon bras, mais elle tenait prise.

— Comme ça n'avait pas marché entre toi et Christian, je ne croyais pas que tu verrais un inconvénient à ce que je sorte avec lui.

Elle m'expliquait tout ça avec un air complément innocent, en tortillant une mèche de ses cheveux roux.

Quelle vache !

— C'est vraiment ce que tu as cru ? Tu aurais au moins pu m'avertir. Tu sais que Christian Dubé me plait toujours, hurlai-je, enragée.

C'est à ce moment que je réalisai que William était juste à côté de moi et avait entendu chaque mot. Je me tournai vers lui, désolée.

— William, attends, ce n'est pas ce que je voulais dire.

Déjà, il tournait les talons.

— William !

Il ne se retourna pas. Pourquoi l'aurait-il fait ? J'avais vraiment merdé.

Brianna rayonnait de joie. Mon malheur faisait manifestement son bonheur. Est-ce qu'elle avait tout planifié depuis le début ?

— Tu te crois fine, espèce de sorcière ! Je sais très bien qu'en temps normal, Christian ne se serait jamais intéressé à toi. Tu peux le garder, ton amour artificiel.

Je ne pouvais supporter de voir son visage une seule seconde de plus. Enragée, je détalai vers les vestiaires où je récupérai mon manteau. Au moment où je poussais la porte vitrée, des larmes salées roulaient sur mes joues. La voiture de ma mère arrivait justement dans le stationnement. Je me précipitai et ouvris la portière avant même qu'elle n'ait eu le temps de complètement s'immobiliser.

— Émilie, que se passe-t-il ?

— Roule, maman, roule, je t'en prie. Je veux seulement partir d'ici le plus vite possible.

Elle appuya sur l'accélérateur. J'enfouis mon visage dans mon foulard, qui s'imbibait de mes larmes silencieuses alourdies de mascara.

— Ma chérie, parle-moi. Que s'est-il passé ?

J'ouvris le coffre à gant pour y prendre des mouchoirs de papier. Mon nez mouché, mes larmes séchées, je répondis enfin à sa question.

— Brianna, reniflai-je. Elle sort avec Christian.

— Hum… Elle semble avoir tous les hommes qu'elle veut, cette Brianna. Et Christian, il te plait toujours ?

— Peut-être… Je ne sais plus. J'ai William maintenant, c'est juste que…

Je m'interrompis. Je ne savais pas comment expliquer ce que je ressentais.

— William a l'air d'être un garçon très bien, Émilie. Mais est-ce qu'il te plait réellement ?

Elle venait de poser une excellente question. Malgré toutes ses qualités, William ne faisait pas battre mon cœur autant que je l'aurais espéré. Je n'étais pas prête à voir la réalité en face.

Devant mon silence, ma mère n'insista pas.

— Pense à tout ça. Tu n'as pas besoin de décider tout de suite. Tu y verras plus clair demain.

Elle se gara devant la maison.

— Merci. Merci d'être venue me chercher. Merci de toujours être là pour moi.

Épuisée, je quittai mon costume de sorcière et l'envoyai choir sur le plancher. Sans même me démaquiller, je me glissai sous les couvertures.

Quelle soirée !

Chapitre 8

Novembre débutait avec une température sous la normale. Il faisait un froid glacial. Comme prévu, je me retrouvai devant la porte de Destinée, son livre sous le bras. J'étais fière de la discipline dont j'avais fait preuve, mais j'étais moins certaine de mes pouvoirs et j'avais une liste de questions qui défilaient dans ma tête. Je frappai à la porte, sautillant d'un pied à l'autre pour me réchauffer. J'espérais que Destinée m'ouvre rapidement pour enfin me mettre à l'abri du froid.

— Entre ma petite. Viens te chauffer au coin du feu.

Je franchis le cadre de la porte en grelotant. Je frottai désespérément mes mitaines bleues. Destinée me délesta de mon manteau et me tendit une tasse de chocolat chaud fumant. Je la pris avec reconnaissance.

Elle me fit signe de m'installer auprès de son poêle à bois. Elle avait disposé devant les flammes deux vieilles chaises berçantes. Elles sortaient d'une autre époque, avec des berceaux de bois délavé et son siège de babiche recouvert d'un coussin aplati et déteint. En y prenant place, je remarquai que la mienne grinçait avec chaque balancement, ce qui ne me surprit pas du tout. Par contre, j'étais étonnée de trouver cette chaise usée si confortable.

Je tendis le livre de magie à Destinée.

— Alors, est-ce que tu as pratiqué ? Tu as bien tout lu ? Des résultats ?

Ses yeux brillaient d'excitation. Je ne pensais pas qu'elle serait aussi impatiente de connaitre mes avancées. Je réalisai avec soulagement que je n'étais plus seule dans cette aventure.

— J'ai lancé plusieurs sorts cette semaine...

Et je lui racontai en détail mes expérimentations et les résultats obtenus (ou plutôt leurs absences).

— Ne te décourage pas.

Elle farfouilla dans la pile de bouquins et de papiers disposés sur la table basse.

— Je ne peux pas encore déterminer la force de tes pouvoirs après seulement une semaine d'entrainement. Les résultats sont relatifs, en particulier pour le type de sorts que tu as jetés. C'est un parcours complexe et il est trop tôt pour interpréter quoi que ce soit.

Je n'osais pas lui demander, mais pourquoi m'avait-elle fait perdre mon temps avec ces sorts alors ? Comme si elle lisait dans mes pensées (ou alors mon visage était-il un livre ouvert ?), elle poursuivit :

— Tu devais commencer avec ces sorts pour te familiariser avec le processus. Il faut apprendre à marcher avant de courir. Chaque geste posé compte. Tu le comprendras, il vaut mieux se tromper avec des expériences sans conséquence. Cependant, comme je constate que tu as bien étudié, je suis en mesure de te prêter un livre très rare, très vieux que je conserve dans ma bibliothèque. La mère de mon arrière-grand-mère l'a obtenu d'un mage qui passait pour fou dans le village. Depuis ce temps, il est transmis de génération en génération.

Elle se redressa en prenant appui sur ses bras. Elle semblait affaiblie aujourd'hui. Elle se dirigea vers les étagères croulant sous les livres. Elle tendit le bras, se leva sur la pointe des pieds et agrippa un volume. Il semblait effectivement très vieux. Elle revint vers moi. Hésitante, elle me le tendit.

— Tu devras en prendre le plus grand soin.

Intriguée, je manipulai l'épais ouvrage avec respect. Ses pages étaient jaunies et friables et sa reliure de cuir brun présentait de nombreuses traces d'usure.

— Ouvre-le à la page dix, m'ordonna-t-elle.

Je déposai le livre sur la table de bois au fini patinée et je tournai les pages avec délicatesse. J'entrevis des images qui semblaient avoir été tracées à la main. Dans les marges s'accumulaient des notes manuscrites avec soin en cursive au crayon de plomb. J'étais fascinée et intriguée devant ces découvertes, mais pour le moment je m'en tins aux directives que me donnait Destinée. J'arrivai à la page dix.

— Je te demande de parcourir les pages de ce livre durant la semaine à venir. Tu peux tenter quelques-uns des rituels, mais seulement ceux des deux premiers chapitres, ceux qui aident à la purification de la sorcière. Tu ne dois absolument pas faire les autres sorts, car ils peuvent être dangereux si tu ne les maitrises pas correctement.

Elle me releva le menton pour m'obliger à la fixer dans les yeux. Tout de suite, je me sentis mal à l'aise de ce contact forcé, mais je ne détournai pas le regard.

— Jure-moi que tu ne les essaieras pas, m'exhorta-t-elle avec véhémence.

— C'est promis, répondis-je sur-le-champ pour qu'elle me relâche enfin.

Elle reprit son air aimable, comme si rien ne s'était passé.

— À partir de la page dix, tu trouveras une foule de conseils pour perfectionner ta technique. Une fois que tu auras complété l'étude de ce livre, tu reviendras ici et nous ferons quelques tests ensemble pour finalement déterminer le niveau de ton potentiel magique.

Destinée glissa le livre dans un sac de chanvre et commença à mettre de l'ordre sur la table. Je compris que notre entretien était terminé. En me levant pour partir, je me rappelai une question. Elle me brulait maintenant les lèvres.

— Destinée, que savez-vous des baguettes magiques ?

Elle s'arrêta et me dévisagea avec incrédulité.

— Les baguettes magiques ? Ha ! Mais personne ne s'en sert plus.

Curieuse, je décidai d'insister.

— Brianna en a chez elle. En fait, je peux affirmer qu'elle en a au moins deux, peut-être plus. Une d'elles se trouve en ma possession, sur le plancher de ma chambre.

— Comment ?

Honteuse de ma négligence, je baissai les yeux.

— Oui, je sais, je devrais lui faire plus attention…

— Émilie, peu m'importe où tu l'as mise, me coupa-t-elle avec brusquerie. Je veux savoir ce que Brianna t'a dit à son sujet.

— Hum, dis-je pour gagner du temps. Quels mots a-t-elle utilisés au juste ?

Destinée s'impatientait.

— Dis-moi !

— Qu'elles lui avaient été transmises de génération en génération, mais que plus personne ne s'en servait. Que la tradition s'était perdue.

Destinée se précipita vers sa bibliothèque croulant sous les livres. Elle tira un tabouret. Elle y monta, en équilibre périlleux, et tendit le bras pour atteindre un énorme livre poussiéreux déposé parmi ses semblables sur la plus haute tablette. Déséquilibrée par son poids, j'ai cru un instant qu'elle allait tomber, mais heureusement elle reprit pied.

Elle souffla sur le livre et un nuage gris s'envola. Elle toussota.

— Mon Dieu, je devrais vraiment faire le ménage plus souvent. Ces tablettes sont tellement difficiles d'accès… Je devrais acheter un de ces trucs pour épousseter avec un manche télescopique… Mais je m'égare.

Elle regardait le livre avec intérêt.

— Je l'avais presque oublié, ce livre. « Baguettes magiques et consécrations », déchiffra-t-elle en plissant les yeux. Tu y trouveras beaucoup d'informations sur les baguettes magiques, mais tu perds ton temps. Si on ne les utilise plus, c'est qu'elles ne sont pas si indispensables qu'elles y paraissent.

Elle déposa le précieux ouvrage dans le sac. Je remis mon manteau et mes bottes. Je pris le précieux paquet et le serrai contre ma poitrine, comme pour le protéger du froid. Le taxi m'attendait pour le retour à la maison.

J'étais anxieuse et excitée à l'idée de mesurer mes pouvoirs magiques et d'en apprendre davantage sur cet univers qui m'était encore inconnu cet été. Je sentais que j'avais le devoir d'arrêter Brianna, mais le pouvoir ne m'intéressait pas. J'en avais même un peu peur. Et s'il me transformait en quelqu'un que je n'aimais pas, prête à tout pour son propre bonheur et manipulant les autres comme Brianna ? Je ne voulais pas devenir comme elle. Je grimaçais à cette pensée.

Au chaud dans ma chambre, ébranlée par ma rencontre avec Destinée et épuisée par une semaine difficile en classe, je ne trouvais pas le courage de commencer la lecture malgré ma grande curiosité. Je me glissai sous mes épaisses couvertures et je m'endormis aussitôt.

Les timides rayons du soleil automnal se glissaient entre les rideaux et me tirèrent de mon lourd sommeil. Bien que j'eus dormi près de dix heures, j'éprouvais de la difficulté à me sortir du lit. Mon chat se glissa par la porte entrebâillée de ma chambre, sauta sur mon lit et se frotta la tête sur mon visage avec insistance. Il ronronnait furieusement pour attirer mon attention (et mes caresses). Excédée, je finis tout de même par me laisser charmer par son joli minois. Les yeux à peine entrouverts, je commençai à le flatter. Il roula sur le dos avec bonheur, ronronnant de plus belle. Je lui grattai le ventre en rigolant.

Minou sauta sur ma table de chevet. Je le suivis du regard pour découvrir qu'il était debout sur le livre de Destinée.

— Minou, ouste, le chassai-je avec empressement.

Insulté, Minou sortit de ma chambre. Distraite, je tendis la main vers le bouquin qui devait avoir plus de cent ans. Je le feuilletai. Il y avait tellement d'informations dans le nouveau livre que Destinée m'avait remis. Les premiers chapitres couvraient surtout l'histoire de la magie dans le monde. Les plus vieux écrits retrouvés dataient de la Rome antique, mais les légendes inscrites dataient de beaucoup plus loin. Je me redressai sur mon lit, plaçai mon oreiller dans mon dos et me plongeai dans la lecture.

C'était fascinant. Quelques sorts étaient parsemés à l'intérieur des récits. J'en essayai quelques-uns. La suite était beaucoup plus difficile à lire. Le texte était plus lourd, plus dense et je devais relire certains passages à plusieurs reprises afin d'en dégager le sens. L'information me sortait par les oreilles.

Je refermai le livre. Un nuage de poussière s'en échappa et je toussai. Je le replaçai sur ma table de chevet. Ma tête débordait d'informations.

Le costume prêté par Brianna attira mon attention. Il trainait, pêlemêle, sur le plancher flottant de ma chambre. La baguette s'y trouvait entremêlée. Je me penchai pour la ramasser et l'observer de plus près. Rien ne semblait la différencier d'une vulgaire branche avec laquelle des enfants auraient joué. Elle était fabriquée à partir d'une fine branche d'arbre d'environ 20 pouces de long et sablée avec minutie.

Je la déposai sur ma table de chevet et m'emparai du livre sur les baguettes magiques prêté par Destinée. Ce livre était encore plus vieux que les autres. Le titre « Baguettes magiques et consécrations », engravé dans la couverture de cuir noir, était presque effacé par le temps. Je le manipulai avec grand soin. Ses pages jaunies et craquantes sentaient le moisi et l'écriture s'effaçait par endroit. J'amorçai ma lecture.

« La baguette magique est un outil très important dans l'art de la magie blanche. En plus de servir à mélanger le contenu du chaudron et à tracer le cercle de protection, elle sert à concentrer et à diriger nos énergies en un point très précis. Elle représente l'élément du feu et symbolise la force, la conviction et le pouvoir du sorcier ou de la sorcière qui la manie. Elle est le lien entre l'être humain et les forces cosmiques. C'est donc un outil indispensable à la pratique de la magie. » L'auteure ne se doutait apparemment pas que l'utilisation des baguettes serait amenée à disparaitre. Je poursuivis ma lecture.

« Chaque sorcier doit fabriquer lui-même sa propre baguette à partir d'une branche trouvée lors d'une promenade en solitaire dans la forêt. Le type de bois choisi l'aidera à mieux canaliser ses pouvoirs. Par exemple, l'érable est tout particulièrement recommandé pour les rituels de prospérité et d'amour. Les grands magiciens en possèdent plusieurs, qui sont spécifiques à certains usages.

Afin de permettre l'identification et la classification des baguettes, une section de l'index présente les dix essences les plus communément utilisées, bien que tous les arbres présentent des caractéristiques intéressantes pour la pratique de la magie. »

Je tournai les pages pour découvrir ce passage. Il s'y trouvait beaucoup d'information : les noms scientifiques des espèces ainsi que des dessins des feuilles et de l'écorce, les territoires où ils poussaient... Finalement, je trouvai une photo en noir et blanc présentant ce dont avaient l'air les baguettes fabriquées de chacune des essences d'arbre. J'ouvris une lampe et approchai la baguette de Brianna du livre. C'était vraiment difficile. J'hésitais entre deux espèces en particulier : le chêne et l'orme.

Je consultai les caractéristiques des baguettes utilisant ce type de bois. En résumé, le chêne s'utilise dans les rituels druidiques et la magie solaire, alors que l'orme sert aux rituels de protection. Qui pourrait m'aider à identifier avec précision la baguette que j'avais entre les mains ? Un éclair traversa mon esprit. Mais bien sûr ! Je pourrais l'apporter à mon enseignant de sciences de l'année dernière, Mme Lambert. Elle s'y connaissait bien en végétaux. Je suis un vrai génie !

Je plaçai immédiatement la baguette dans mon sac à dos pour ne pas l'oublier lundi. J'avais assez travaillé pour le moment et j'éprouvais grandement le besoin de me changer les idées. De toute façon, pourquoi est-ce que ça serait à moi d'arrêter Brianna ? Tant qu'elle restait hors de ma vie, je n'avais pas à m'en faire.

Mon ventre grondait d'impatience. Je n'avais toujours pas mangé et il était midi. Je sortis de ma tanière, décidée à reprendre le cours de ma vie normale. Rassérénée, je dévorai avec appétit la lasagne que ma mère nous avait préparée.

L'estomac plein, je décidai de prendre mon courage à deux mains et d'appeler William pour mettre toute cette histoire au clair.

Je retournai dans ma chambre. La porte bien fermée, je cherchai son numéro dans ma liste de contact. Le stress courrait dans mes veines. Une sonnerie. Je ne savais pas exactement quoi lui dire. Deux sonneries. Est-ce que j'avais vraiment encore des sentiments pour Christian ? Trois sonneries. Il ne s'intéresserait jamais à moi de toute façon. Un déclic m'indiqua que j'étais tombée sur la boite vocale de William. Je raccrochai et décidai de lui envoyer un texto.

« done moi la chance de texpliké. »

Je décidai de quitter ma chambre et de passer un après-midi normal avec ma famille. L'espace d'un instant, j'en vins presque à oublier l'existence de Brianna. Je jouais avec ma petite sœur. Je me chicanais avec ma petite sœur. Je me sentais bien, sans soucis.

Je consultai mon téléphone. Toujours pas de réponse de William. Mon cœur se serra douloureusement. Allait-il me pardonner ?

Sur Facebook, j'étais identifiée sur plusieurs photos de la fête d'Halloween, dont une où je posais tout sourire, avec Brianna, à notre arrivée. Nous avions fière allure et le monde était à nos pieds. Il y avait des tonnes de commentaires positifs sur nos fabuleux costumes et encore plus de « J'aime ». J'éprouvai un pincement de regret à la perspective de dire adieu à tout ça…

La journée commençait avec mon cours de science. M. Tremblay, notre enseignant super sexy, avait de la difficulté à donner son cours. Il n'avait d'yeux que pour Brianna, qui lui lançait des clins d'œil aguicheurs ou des œillades gourmandes. Je fulminais sur ma chaise. Est-ce que les autres élèves se rendaient compte de tout ça ? J'espérais de tout cœur que non. Si des rumeurs se rendaient aux oreilles du directeur, M. Tremblay pourrait perdre son emploi. Encore pire, si elles se rendaient aux oreilles de sa femme…

Je devais prendre les choses en main.

Premièrement, je voulais en savoir plus au sujet de la baguette magique. Tant qu'à me trouver à l'étage des sciences, je partis à la recherche de Mme Lambert tout de suite après le cours.

Je frappai timidement à la porte du local réservé aux enseignants de sciences. Comme anticipé, j'y trouvai l'enseignante. Elle prenait tranquillement un café avec un collègue en attendant le début de la prochaine période de classe.

— Bonjour Mme Lambert ! Je peux prendre deux minutes de votre temps ?

— Oui, bien sûr, Émilie. Comment vas-tu ? Toujours aussi bonne en sciences ?

Je rougis sous l'effet du compliment. Elle m'entraina dans le couloir.

— Je n'ai pas de mérite, les cours de sciences sont fascinants.

Comme je n'avais que quelques minutes avant le cours de français, j'allai directement au but.

— J'ai besoin de votre aide. Pouvez-vous identifier cette essence de bois ?

Je retirai la baguette de mon sac et la lui présentai. Elle la retourna plusieurs fois entre ses mains.

— Ceratonia siliqua, affirma-t-elle.

Comment ? En voyant les points d'interrogation dans mes yeux, elle continua en souriant :

— Excuse-moi. C'est du bois de caroubier. Je pourrais me tromper, mais je suis assez certaine de ce que j'avance. Tu vois, la structure veinée et compacte ? Ce bois est fort apprécié en ébénisterie pour sa dureté, sa couleur rougeâtre et son grain. Cet arbre pousse surtout dans des régions méditerranéennes.

Je sortis mon agenda et me dépêchais de noter ce nom pour poursuivre mes recherches ce soir sur Internet. Je demandai à Mme Lambert de m'épeler le nom latin. Déjà, la cloche sonnait. Vite, j'allais être en retard à mon cours de français ! Je remerciai l'enseignante, replaçai la baguette dans mon sac et détalai.

Ensuite, il me fallait régler mon problème avec William. Je ne le trouvai nulle part lors de la pause de l'avant-midi. Par contre, le midi, je savais très bien où le trouver, puisqu'il prenait toujours place à la même table à la cafétéria. Je décidai donc de le rejoindre à ce moment. Il ne pourrait m'éviter.

Mon sac à lunch à la main, je me frayai un passage jusqu'à lui. Il m'accueillit froidement.

— Je peux m'assoir ?

— C'est Sébastien qui mange là, mais il fait la file à la cafétéria. Tu peux t'assoir en attendant.

Il mastiquait son sandwich au jambon sans me regarder.

— Écoute, pour vendredi, je sais ce que tu crois, mais je ne ressens rien pour Christian, c'est juste que Brianna…

Il m'interrompit.

— Émilie, je dois réfléchir à nous deux. Je ne sais pas si je suis prêt pour une relation. Je ne suis pas certain de vouloir continuer…

J'étais dépitée. J'avais manifestement tout gâché. Inutile de faire une folle de moi plus longtemps, devant tous ses amis en plus.

— J'ai besoin de temps, conclut-il.

Il avait fini de dire ce qu'il avait sur le cœur, et de toute façon j'en avais déjà assez entendu. Je retenais mes larmes en le laissant derrière moi.

L'âme en peine et la gorge nouée, je rejoignis les filles et Brianna à notre place habituelle. Je mangeais au mieux mon lunch, mais je n'avais pas faim. Je jetai le reste à la poubelle pour éviter que ma mère découvre que j'avais à peine grignoté. La façade angélique de Brianna me coupait encore plus l'appétit. Tout était de sa faute !

Le soir même, je consultai l'index du livre de Destinée. Je cherchais un sort qui empêcherait cette manipulatrice de nuire. Un contre-sort, pour annuler les effets des siens.

Mon index défilait : Potion d'amour, L'Histoire de la magie appliquée à l'art, Éthique de l'art… hum est-ce que cette section pourrait m'aider ? Je ricanais toute seule. Aucun doute : Brianna aurait grand besoin de consulter cette section.

Je tournai frénétiquement les pages pour arriver à ce chapitre. Fébrile, je parcourus le texte en diagonale quand un sous-titre attira mon attention : contrer les attaques. Je ralentis le rythme et lus attentivement le texte. Une incantation se trouvait au milieu du deuxième paragraphe. « Ce qui a été fait peut être défait ; Création et destruction sont liées. »

Qu'est-ce que ces mots signifiaient ? Est-ce que ça pourrait être efficace contre Brianna ? Réciter cette incantation me paraissait assez simple, trop simple même pour être d'une quelconque utilité.

Je répétai la phrase mentalement plusieurs fois pour la mémoriser. Je pensais à toutes les personnes que Brianna manipulait sans remords. Ce sort était probablement très élémentaire et sans grand impact, mais ce serait un début pour l'empêcher de nuire. Je frétillais d'impatience à l'idée d'utiliser cette incantation toute simple pour ennuyer Brianna. Destinée pourrait me donner plus d'informations. Je notai la page pour m'y référer lors de notre prochaine rencontre.

Avec mes études de la magie, mes études en souffraient. J'avais pris du retard dans mes devoirs et je n'étudiais pas beaucoup pour mes tests. Décidée à rattraper un peu le temps perdu, je laissai de côté le livre de Destinée pour me plonger dans des problèmes de mathématiques.

En cherchant mon manuel dans mon sac d'école, ma main tomba sur la baguette de… de… qu'est-ce que Mme Lambert m'avait dit au juste ?

Je partis à la recherche de mon agenda, dans lequel j'avais noté les informations. De caroubier ! Oubliées les équations, je pris mon ordinateur portable pour faire une recherche sur le sujet. En tête de liste, le site Wikipédia était une mine de savoir.

« Le caroubier est un arbre mesurant de cinq à sept mètres de hauteur et pouvant atteindre exceptionnellement quinze mètres. Largement répandu, il se plait sur des pentes arides. Il est cultivé pour son fruit, la caroube. Le tronc est gros et tordu, l'écorce brune et rugueuse. Sa longévité peut atteindre 500 ans. »

Wow, 500 ans ! C'est vraiment vieux. Je me demande quel âge à cette branche ? Je poursuivis ma lecture.

« Son nom latin Ceratonia vient du grec keratia, qui signifie "petite corne", en référence à ses fruits en forme de cornes à maturité. »

Cet arbre me semblait être un dur à cuire. Est-ce que c'était pour ces caractéristiques intimidantes que son propriétaire en avait fait la sélection ? Car selon le livre « Baguettes magiques et consécrations », cette essence n'était habituellement pas utilisée pour fabriquer des baguettes. Plus je découvrais d'informations, plus j'avais de questions. C'était vraiment frustrant !

À mon réveil, le mardi matin, je relus l'incantation à haute voix quelques fois pour m'assurer qu'elle était bien imprégnée dans mon esprit. Mue par une confiance retrouvée, je décidai de retenir Brianna et de lui lancer cette incantation en plein visage. Ce n'était pas très prudent de lui révéler ainsi mes intentions de lui nuire, mais elle allait trop loin et j'en avais plus qu'assez de ne rien faire.

J'avais à peine franchi le seuil des portes vitrées de l'école que Brianna me fonçait dessus. Elle tremblait de rage contenue.

— Viens, il faut qu'on parle.

Elle m'empoigna l'avant-bras avec force et me tira violemment dans un couloir vide. Ses doigts s'enfonçaient dans ma chair et j'étais incapable de me dégager. Dire que je me demandais comment faire pour l'attirer à l'écart, c'est elle qui me provoquait.

— C'est toi qui as fait ça, avoue-le, siffla-t-elle entre ses dents, me coinçant au mur.

— Je ne sais pas de quoi tu parles, lui affirmai-je en redressant le dos et l'affrontant du regard.

Je n'avais pas l'intention de la laisser m'intimider.

— M. Tremblay ne m'a même pas regardée ce matin, les filles non plus, comme si je n'existais pas.

— Vraiment ? demandai-je, incrédule.

Qui avait annulé les sorts de Brianna ? Destinée ? Ou bien est-ce que c'était moi, en prononçant l'incantation ce matin ? Impossible.

Sa gifle me prit par surprise et ma tête vola à la rencontre du mur derrière moi. La main sur ma joue cuisante de douleur, je me retournai pour la défier. Malgré moi, mes yeux se remplirent de larmes.

Les siens étincelaient de fureur. Mais cette lueur s'éteignit rapidement quand elle constata que mes yeux n'évoquaient pas la peur, mais la détermination. Elle recula en hésitant. Je déclarai d'une voix puissante qui résonna dans tout le corridor :

— Ce qui a été fait peut être défait ; Création et destruction sont liées.

Une onde de choc se propagea, avec moi comme épicentre. Le sol vibra.

Brianna perdit connaissance et tomba lourdement sur le sol, inerte. Médusée, je restai sans bouger. Alarmé, un enseignant-surveillant qui tournait le coin se précipita vers elle.

— Brianna, Brianna, est-ce que tu m'entends ?

Il sortit son téléphone portable et contacta le service des urgences. Des curieux s'approchaient déjà. Un assourdissant brouhaha s'élevait de la foule qui commençait à s'accumuler. D'autres enseignants accoururent pour tenter de dissiper la masse d'adolescents paniqués ou curieux. Les sirènes se rapprochaient déjà. Brianna gisait toujours sur le sol, encore inconsciente malgré les soins prodigués par le surveillant.

J'étais toujours immobile, paralysée. Est-ce que j'avais blessé Brianna ? Je ne comprenais pas ce qui venait de se produire.

— Émilie, que s'est-il passé ?

Mon enseignant de français se penchait vers moi. J'étais sans voix. Ma vision devint floue. Des ambulanciers écartèrent la foule et se précipitèrent au chevet de Brianna, tirant derrière eux une civière. Un troisième ambulancier s'approcha de moi. Dans un brouillard, j'entendis mon enseignant décréter :

— Elle est en état de choc.

L'ambulancier m'attira à l'écart. Il me fit assoir sur un banc et m'enroula dans une couverture thermique. Je me sentais doucement revenir à moi. Je constatai que je tremblais de manière incontrôlable.

— Je vais bien, bredouillai-je.

L'ambulancier se pencha vers moi pour m'observer. Mes paroles le laissèrent sceptique.

— Comment va-t-elle ? m'enquerrai-je d'une voix plus forte.

— Nous allons l'amener à l'hôpital et la mettre en observation et lui faire subir quelques tests. Elle devrait s'en tirer, ne t'en fais pas. Un simple évanouissement.

Je ne prononçai plus un mot. Je savais que ce n'était pas un simple évanouissement. Je l'avais blessée avec mon sort ! Je suais la culpabilité par tous les pores de ma peau. J'espérais que l'ambulancier n'allait pas s'en rendre compte. Il prit mes signes vitaux et approuva d'un hochement de tête.

— Je te reconduis à l'infirmerie, tu pourras te remettre de ton choc tranquillement. Tu seras sur tes pieds rapidement.

Il referma sa mallette et me confia à l'infirmière de l'école qui s'approchait.

Mais qu'est-ce que j'avais fait ? Je devais sortir d'ici, m'isoler dans un coin, réfléchir à tout ça.

— Alors Émilie, l'ambulancier m'a affirmé que tu te sentais déjà mieux.

Elle m'entraina doucement vers l'infirmerie. Elle poussa la porte et m'indiqua un lit.

— Tu peux t'étendre là et te reposer le temps que tu voudras...

— Je dois rentrer chez moi. Est-ce que je peux être excusée pour la journée ? l'interromprai-je.

— Tu ne peux pas partir, tu es encore sous le choc et tu es sous ma responsabilité.

Ses sourcils s'étaient arqués sous la surprise. Je décidai donc de m'allonger sur le petit lit. Plusieurs minutes plus tard, je retentai ma chance. L'infirmière m'inspecta, tentant de déterminer si j'étais en état de sortir.

— Bon d'accord, j'appelle ta mère et elle passera te prendre.

— Inutile, l'assurai-je en ramassant ma veste. Je prends un taxi. Merci !

— Mais, attends voyons !

La porte de l'infirmerie s'était déjà refermée derrière moi. Je courus jusqu'à la sortie, encore un peu chancelante, décidée à ne pas me laisser ramener de force à l'infirmerie.

Je hélai un taxi en vitesse et m'y engouffrai. Je voulais rentrer à la maison et réfléchir aux derniers évènements, mais je donnai plutôt l'adresse de Destinée au chauffeur.

Je débarquai chez elle sans prévenir. Après de rapides coups frappés à sa porte, je déboulai dans sa maison sans même attendre de réponse.

— Destinée, vous êtes là ?

Elle sortit de sa pièce de consultation. Je me précipitai vers elle.

— Brianna, elle est tombée, je l'ai fait tomber, ce n'est pas ma faute !

Je sanglotais maintenant, mes épaules ébranlées de haut en bas. Destinée me secoua fermement.

— Reprends tes esprits ma belle et raconte-moi ce qui se passe.

Elle me guida vers la table ronde dans la pièce exigüe.

— Assieds-toi ici.

Heureusement, elle n'avait pas de cliente à ce moment. J'inspirai de grandes goulées d'air.

— J'ai prononcé une incantation. Devant Brianna. Une retrouvée dans le livre que vous m'avez prêté. Et elle s'est écroulée devant moi !

Elle bondit sur ses pieds et frappa la table de ses paumes, penchée vers l'avant. Je ne l'avais jamais vu dans un tel état.

— Tu as lancé un sort de ce livre ! Je t'avais pourtant bien avertie ! Faire confiance à une adolescente, je devrais être plus avertie, ajouta-t-elle pour elle-même.

Elle se mit à faire les cent pas dans la minuscule pièce. Elle tournait en rond.

— Lequel ? Quel sort as-tu lancé ?

Je commençai à réciter :

— Ce qui a été fait peut...

— Tais-toi ! m'interrompit-elle. Tu ne dois pas réciter cette incantation à la légère, me tança-t-elle. On dirait que tu n'as rien appris.

Je baissai la tête, honteuse. Destinée m'avait laissé consulter ses livres et je lui avais promis de n'utiliser que les sorts qu'elle m'indiquait. Sous l'impulsion de la colère, je n'avais pas réfléchi aux conséquences.

— Je ne savais pas que ce sort serait d'une telle puissance ! me défendis-je.

Je savais que c'était une piètre excuse, mais c'est tout ce qui me vint à l'esprit à cet instant.

Destinée revint s'assoir face à moi et se pencha.

— L'intensité qui se dégage d'une incantation dépend de plusieurs facteurs. L'expérience, les émotions, la puissance brute de l'invocateur... J'aurais pu t'en parler avant. Je suis tout de même amèrement déçue.

À nouveau, je baissai la tête. Je ne pouvais me permettre de perdre l'aide de Destinée. Elle était ma guide et mon enseignante.

— Je suis tellement désolée ! J'ai besoin de vous.

— Maintenant que tu as découvert tes pouvoirs, il serait encore plus irresponsable de te laisser filer sans une éducation équilibrée et un cours intensif d'éthique.

Elle soupira.

— Raconte-moi ce qui s'est passé. N'omets aucun détail.

Je lui décrivis la scène en détail, du moment où Brianna m'entraina dans le couloir à ma sortie de l'infirmerie, sans prononcer l'incantation cette fois.

Destinée se mit à marmonner. Elle n'avait pas l'air contente.

— Tu ne te rends donc pas compte ! J'avais quelques doutes quant à l'étendue de ta force magique, mais ce que tu viens d'accomplir dépasse toutes mes attentes. Avec de grands pouvoirs viennent de grandes responsabilités.

Incrédule, je pouffai de rire.

— Quoi ?

— Vous avez regardé Spiderman dernièrement, dis-je en m'esclaffant. Cette ligne sort tout droit de ce film.

Destinée se renfrogna.

— Il en demeure que c'est une grande vérité. Émilie, poursuivit-elle en prenant mes mains entre les siennes, tu dois être extrêmement prudente. Les sorcières se cachent depuis la nuit des temps, elles n'ont jamais été acceptées. Elles font peur.

Une ombre passa sur le visage de Destinée.

— Il existe toute une communauté secrète de gens dotés de pouvoirs et ils feront tout pour t'attirer à eux, surtout avec la puissance que tu détiens. Méfie-toi.

Un frisson parcourut mon échine. Je ne voulais pas de tout ce pouvoir !

— Pour l'instant, tout ce qui m'importe est de mettre Brianna hors d'état de nuire. Mais sans la blesser, tout de même.

— Laisse-moi faire quelques recherches. J'ai une meilleure idée de ce dont tu es capable maintenant, ça pourra nous être utile.

Je me levai. La conversation avec Destinée était terminée. Elle s'affairait déjà dans la pièce, à la recherche de livres laissés pêlemêle.

Je rentrai directement chez moi. Avant de tourner la poignée de la porte d'entrée, je pris une grande inspiration et recomposai mon masque d'impassibilité. Prétendre que tout allait bien devant ma famille était le plus éprouvant, le plus fatigant de tout.

CHAPITRE 9

Mon retour à l'école le lendemain m'angoissait. Qu'est-ce que les autres élèves avaient raconté pendant mon absence ? Les rumeurs se propageaient à la vitesse de l'éclair dans cette petite école.

Pourtant, personne ne me prêta attention. Étrangement, tout semblait comme d'habitude. J'observais les élèves qui se comportaient normalement. Personne ne me dévisageait. Aucun ne médisait sur mon passage. Quelque chose de bizarre et d'inexplicable se produisait...

Inexplicable... jusqu'à ce que Brianna tourne le coin, entourée de ses « meilleures amies ». Ne devait-elle pas rester quelques jours à l'hôpital pour observation ? Elle semblait être en pleine forme.

En me croisant, elle me décocha un sourire radieux et un clin d'œil ravi. Quelle arrogance ! Je fulminais. En un éclair, je compris. Elle avait remis en place tous ses sorts de manipulation. Elle me défiait effrontément. Je n'allais pas en rester là. Comme une enfant, je tapai du pied pour évacuer ma rage.

Je n'avais nullement l'intention de me rendre en cours. Cette réalité n'était pas la bonne. J'avais d'autres priorités. Je devais rétablir l'ordre. Je rentrai chez moi en toute hâte pour consulter le livre de Destinée. J'avais besoin d'une incantation encore plus puissante, une qu'elle n'oserait, qu'elle ne pourrait contrecarrer.

Je poussai la porte de la maison et je retrouvai ma mère, mon père et ma sœur assis sur le divan, en train de regarder la télévision et de se gaver de croustilles et de bonbons.

— Mais qu'est-ce que vous faites là ? Papa, tu n'es pas au travail ? Maman, ta réunion super importante ? Et Liliane, c'est la journée poterie à la garderie, tu en as parlé toute la semaine.

— J'aimais mieux rester à la maison. Je ne me sens pas bien.

— Nous non plus, répondirent machinalement mes parents en se gavant de malbouffe.

Je me plaçai devant eux, je les secouai. Il n'y avait rien à faire. Sort de manipulation ? Je descendis les marches pour aller rejoindre ma chambre au sous-sol. J'ouvris le grimoire à la volée. J'avais lu un sort servant à découvrir si une personne était victime d'un sort. Mais c'était dans l'autre livre, celui que j'avais rendu à Destinée. J'espérais en trouver un semblable dans ce livre-ci.

Je parcourus l'index avec une rapidité foudroyante et tombai pile sur ce que je cherchais. Rien de plus simple : une courte incantation. Soulagée de ne pas avoir à rassembler de matériel bizarre, je parcourus les instructions. « Réciter à voix haute cette incantation à la personne que vous soupçonnez d'être manipulée par un sort. Regardez-la dans les yeux et vous découvrirez la vérité. »

Je pris le bouquin avec moi en gardant la page avec mon doigt et j'escaladai les marches deux à deux pour rejoindre ma famille au salon. J'ouvris le livre et je lançai « Que vos yeux révèlent ce que vos actions trahissent. »

Les trois êtres assis en face de moi levèrent les yeux et me fixèrent. Je criai d'effroi.

Leurs yeux étaient entièrement blancs.

Je sortis en courant de la maison, portant le grimoire sous le bras. J'entendis ma famille ricaner follement avant de claquer la porte derrière moi. C'était horrifique. Je ne pouvais supporter de rester une minute de plus dans la maison.

Malgré le temps frais, je m'assis sur les marches du perron pour consulter le livre de Destinée. Brianna osait s'en prendre à ma famille. Une bouffée de rage m'envahit.

— Tu es allée trop loin, ma vieille ! Je vais lâcher tous les démons de l'enfer à tes trousses. Maintenant, c'est personnel.

Où trouverai-je une incantation semblable à celle que j'avais utilisée sur Brianna ? Dans ma frénésie, je n'arrivais à me rappeler aucun des mots. Enfin, je tombai sur la bonne section. C'était la même incantation. Je retournais au salon et me plantai devant ma famille. Les voir ainsi m'arrachait le cœur, mais si l'incantation tournait mal et qu'ils se retrouvaient eux aussi à l'hôpital ? Je déglutis péniblement. Destinée m'en voudrait à mort.

Liliane me jeta un regard étrange et se fourra une poignée de bonbons dans la bouche en grognant bizarrement. Je n'avais pas le choix ; j'étais acculée au pied du mur. Je lus les mots :

— Ce qui a été fait peut être défait ; Création et destruction sont liées.

Aucune réaction. Ils continuaient à dévorer et à ricaner. Je ne m'attendais pas à ça. La première fois, j'avais mis fin à des sorts de manipulation sur toute une école ; maintenant, je ne pouvais même pas le faire sur ma famille ? Je devais manquer de conviction. Destinée m'avait appris que l'intensité des sentiments éprouvés par la sorcière influençait la force du sort jeté. Je doutais de mon incantation, mon désarroi avait surement amoindri la puissance de mes mots.

Décidée à tenter le tout pour le tout, je fermai les yeux. Je puisai dans la colère qui me submergeait, des pieds à la tête. Quand je me sentis remplie de rage, je pris une grande inspiration et martelai l'air avec chacun de mes mots :

— Ce qui a été fait peut être défait ; Création et destruction sont liées.

J'avais canalisé toute mon énergie dans cette incantation et pourtant rien ne se produisit. Brianna avait perfectionné son art elle aussi. Ce sort ne suffisait plus à défaire les siens. Je regrettai amèrement de lui avoir dévoilé mes pouvoirs. Elle n'aurait alors eu aucune raison de perfectionner les siens et pire encore, de s'attaquer à ma famille.

Dévastée, je me laissai tomber sur le tapis décoratif du salon, le livre ouvert entre les mains. Mes parents me lancèrent des miettes de maïs soufflé et pouffèrent de rire, un rire rauque et démoniaque. J'étais la seule responsable de leur envoutement et je ne savais quoi faire pour y remédier.

Une larme salée roula sur ma joue. Ma sœur se leva d'un bond, l'essuya rudement de son index et la porta à sa bouche. Ses yeux fous s'agitaient dans ses orbites. Je ne pouvais supporter sa vue. Ça me brisait le cœur et me dégoutait tout à la fois.

Je ne savais pas quoi faire. Il y avait ma famille à sauver, l'école à libérer et finalement, me débarrasser de Brianna définitivement. Je ne savais pas comment réaliser ces trois actions, mais je devais trouver. Ma priorité pour l'instant était d'annuler le sort jeté sur ma famille.

J'ouvris une fois de plus le livre de Désirée à la table des matières et parcourus les sujets en lecture rapide. Rien. Encore une fois plus lentement. Rien ! Je bondis sur mes pieds. Je devais quitter cette maison. Je ne supportais pas de voir ma famille ainsi par ma faute. Ça me brouillait l'esprit et j'avais besoin de toute ma concentration.

Décidée, je fourrai les deux livres de Destinée et la baguette magique dans mon sac à dos. Je sortis précipitamment, incapable de regarder ma famille une seconde de plus. En franchissant le seuil, j'entendis un gargouillement sinistre sortir de la gorge de ma mère. Je déglutis péniblement en refermant la porte derrière moi.

Une fois dehors, la brise fraiche me souleva les cheveux. Bien qu'on soit déjà rendu en novembre, la température était étrangement agréable. Le timide soleil réchauffait de son mieux la terre. Je pris une grande goulée d'air pur et frais. Je n'avais pas les idées claires. Où aller maintenant ? Quoi faire ?

Je ne m'étais pas aperçu que mes pas m'avaient menée jusqu'au cimetière. Je trouvai une pierre tombale recouverte de vermoulue et je m'y adossai. Le sol était frigorifié. Je devais sortir Brianna de notre vie une fois pour toutes.

Des nuages menaçants s'amoncelaient dans le ciel, cachant le soleil.

Soudain, un ricanement retentit sur les pierres tombales et un frisson me parcourut l'échine. Je me retournai et j'aperçus Brianna qui s'avançait vers moi.

— Je te cherchais, mon amie.

Je bondis sur mes pieds pour l'affronter. Brianna ne sembla pas remarquer mon dégout et ma rage ou elle les ignora sciemment. Elle s'approchait de son pas de félin caractéristique, sure d'elle.

— Je veux t'offrir de former une alliance. Nous pourrions unir nos pouvoirs et obtenir la vie de nos rêves. Tout ce qu'on souhaite !

— Et ma famille ? Pourquoi devais-tu les mêler à tout ça ? lui crachai-je, hargneuse.

Elle rit avec mépris.

— Je voulais simplement attirer ton attention. Ne t'en fais pas, si tu acceptes ma proposition, j'annulerai le sort.

Elle me regarda, attendant visiblement une réaction de ma part. N'en décelant aucune, elle poursuivit :

— N'aimes-tu pas cette nouvelle vie que j'ai créée pour nous ? N'est-ce pas ce que tu souhaitais le plus au monde ? Tu t'ennuyais à mourir avant mon arrivée dans ce village pourri.

Je serrai les poings. Elle me tournait autour, énumérant les avantages d'une telle association :

— Tu peux avoir la popularité, l'admiration, la vie trépidante et facile de ceux pour qui tout est acquis. Tu n'as qu'à prendre ma main.

Elle me la tendit.

— Prends ma main, et prends tout, hurla-t-elle, exaltée.

Cette main, en suspension devant moi, devint soudainement très attirante. Ma famille serait saine et sauve, je pourrais m'amuser, avoir tout ce que je désire ! Pourquoi ne pas faire équipe avec Brianna, après tout ?

Mais parce qu'elle était démoniaque ! Et que Désirée m'avait bien avertie qu'il ne fallait pas utiliser la magie à son avantage, que l'âme d'une sorcière devenait de plus en plus noire à chaque incantation maléfique. J'étais convaincue que je devais utiliser mes pouvoirs pour le bien, et non pour le mal. Je ne voulais pas être comme Brianna.

— Pas question ! Tu ne sais pas faire la différence entre le bien et le mal. Je ne veux pas devenir une sorcière noire.

Un rictus effrayant déforma son visage. Les ombres du cimetière dansaient sur son visage. Une fine bruine se mit à tomber.

— Émilie, tu ne comprends absolument rien à la vie. Rien ! me proféra-t-elle avec mépris.

— Brianna, je t'en prie ! Il faut que tu retrouves la raison. Tu ne peux pas continuer à manipuler les gens ainsi.

Elle cracha par terre et se redressa avec fierté :

— J'ai reçu ce pouvoir. Je dois y faire honneur en l'utilisant.

— Tu ne l'utilises pas de la bonne manière. Laisse-moi te présenter ma mentore. Elle t'apprendra à mieux utiliser ta magie, à ne plus faire le mal.

Brianna éclata d'un rire sinistre et s'approcha davantage de moi, menaçante.

— Ma pauvre ! Je n'ai rien à faire de ta vision vertueuse du monde. La vie est trop courte, et je vais en profiter au maximum, à ma manière. Je t'ai offert de te joindre à moi et de vivre cette existence merveilleuse. Pourtant tu la refuses. Maintenant, écarte-toi de mon chemin à tout jamais.

Elle me poussa violemment. Je perdis l'équilibre et tombai durement à la renverse. Le sol était humide sous mon jeans. Elle me sourit.

— Tu es à ta place maintenant, avec les vermisseaux.

Je me relevai et frottai mes fesses endolories pour déloger la boue et les brins d'herbe qui s'y étaient logés. La bruine se transforma en pluie glaciale. Les yeux verts de Brianna étincelaient de rage. Plus que l'averse, elle me donnait froid dans le dos.

— Reste en dehors de mon chemin ! Ce que j'ai fait à tes parents, ce n'est qu'un avertissement. Le sort prendra fin de lui-même après 24 heures.

Elle tournait autour de moi. Je ne la quittais pas du regard. Elle était complètement folle. Nos cheveux dégoulinaient.

— Si tu t'avises seulement une fois de me mettre des bâtons dans les roues, je m'en prendrai à eux d'une manière beaucoup plus perverse et, malheureusement pour toi, permanente.

Je sentis la colère gronder en moi.

— Alors, on se comprend ? conclut-elle.

Je bouillais de rage. Mes poings se refermèrent. Je n'allais certainement pas la laisser s'en prendre à ma famille. Brianna interpréta mon silence comme un consentement.

— Ce fut un plaisir de faire affaire avec vous, me lança-t-elle d'un ton faussement courtois en effectuant une courbette.

Elle me fit un clin d'œil. Ce fut la goutte d'eau qui fit déborder le vase. Elle se détourna, prête à quitter le cimetière. Pas question que je la laisse s'en tirer comme ça.

— Un instant, Brianna, jappai-je.

Elle s'arrêta net.

— Je n'accepte pas ta proposition et je n'ai aucunement l'intention de te laisser faire.

Elle se retourna en me fusillant du regard. Je la rattrapai et l'affrontai. L'averse gagnait en intensité, mais je n'avais pas froid. La colère qui brulait en moi me réchauffait.

— Tu as bien compris, sorcière noire, lui criai-je, enragée. Chaque sort que tu lanceras, je serai là, derrière toi, et je les annulerai, un par un, même si je dois y consacrer ma vie !

À mon grand étonnement, Brianna semblait ravie que je l'affronte. Elle applaudit avec sarcasme.

— Bravo, Émilie ! J'espérais au fond de moi que tu me donnerais l'occasion de t'éliminer. Je m'attendais à cette réaction de ta part.

Elle joignit les mains, la droite dessus, la gauche dessous, et les éloigna progressivement l'une de l'autre. Les yeux écarquillés, je vis une boule d'énergie rouge se former et croître entre ses mains. Elle crépitait dangereusement. Mais comment faisait-elle ?

... je me jetai face contre terre pour éviter la boule de justesse. Une odeur de roussi parvint à mes narines. La boule avait grillé quelques mèches de mes cheveux au passage. Elle m'attaquait ! Elle voulait me tuer ? Soudain, la peur me paralysa. Je ne voulais pas me battre à mort ! Je voulais simplement lui inculquer de bonnes valeurs, et je me retrouvais maintenant devant la mort.

Je sentis une décharge d'adrénaline parcourir tout mon corps. En appuyant mes paumes sur la boue, je me retournai juste à temps pour voir une deuxième boule de lumière fonçant vers moi. Je roulai sur le côté pour l'éviter.

— Brianna ! Tu as complètement perdu l'esprit ! Arrête tout de suite, la suppliai-je, paniquée.

Je réfléchissais à toute vitesse. Comment me défendre ? Ma main glissa dans mon sac et se referma sur la baguette magique de Brianna. Je la sortis et la pointai sur elle. Brianna sembla surprise, puis éclata de rire.

— Personne ne sait plus comment s'en servir, alors ne crois pas me faire peur avec cette brindille. Je suis plus puissante que toi !

Effectivement, j'avais beau me concentrer et brandir la baguette, rien ne se passait.

Excédée par mon manège, elle me propulsa une autre boule avec encore plus de force. Cette fois, je n'arrivai pas à l'éviter et une souffrance atroce se propagea le long de mon bras gauche. La baguette me glissa de la main et vola pour atterrir sur une pierre tombale.

Je croulai sous la douleur. De toute évidence, Brianna n'avait pas l'intention de m'épargner. Elle ignora mes supplications et continua de m'attaquer. J'esquivais au mieux ses boules électriques, mais Brianna se rapprochait dangereusement de moi. Vite ! Émilie, réfléchis !

Les forces de Brianna semblaient s'épuiser. Eurêka ! Produire ces boules de lumière lui demandait beaucoup d'énergie, sa magie était en train de se tarir. Elle m'en avait déjà lancé plusieurs. Elles étaient plus petites à présent et ça lui prenait plus de temps pour les former. Je profitai de ce moment de répit pour me relever et m'enfuir.

— Tu ne t'en sortiras pas aussi facilement !

Elle me pourchassa et me plaqua violemment au sol. Je me retournai et tentai de la frapper, mais elle m'agrippa rapidement les poignets pour m'immobiliser au sol. Elle m'écrasa de tout son poids et je commençais à suffoquer. Ainsi prisonnière, je m'en voulais de ne pas avoir mis plus de cœur dans mes cours d'éducation physique. J'étais faible et sans défense par ma propre faute.

Je me tortillais sous Brianna et la boue du cimetière nous éclaboussait de toutes parts. J'en avais dans la bouche. Mes cheveux détrempés me collaient au visage. Mon seul avantage, c'était que Brianna était affaiblie par l'usage de la magie.

Je changeai de stratégie. Je ralentis mes mouvements pour lui donner l'impression que j'étais à bout de force. Brusquement, je rassemblai toute la force qu'il me restait pour rouler sur le côté et ainsi projeter Brianna au sol. Je dominais maintenant la situation. J'étais assise sur elle. Elle tenta de me frapper, mais j'enserrai ses poignets pour l'immobiliser. Enragée, Brianna poussa un cri horrible.

— Salope ! Tu n'as aucune idée de l'étendue de mon pouvoir !

Elle se mit à marmonner des incantations à une vitesse folle. Je ne distinguais même pas les mots qui volaient hors de sa bouche. Qu'allait-elle me faire ? Comment me débarrasser d'elle une fois pour toutes ? Je devais rapidement la réduire au silence pour ne pas être frappée de son mauvais sort.

Une rage indescriptible monta en moi. J'en avais plus qu'assez et il n'était pas question que je la laisse faire. Je lui assénai une claque au visage qui résonna dans tout le cimetière. La tête de Brianna s'écarta de son corps. Surprise, elle me dévisagea un instant. Au moins, elle cessa de prononcer ses mots maléfiques. Nous étions les deux hébétées de mon geste. Je distinguai sa joue qui rougissait à vue d'œil. Revenant à elle, les yeux écarquillés de colère, Brianna me hurla :

— Tu viens de commettre ta dernière erreur, me menaça-t-elle en se projetant vers moi.

Elle me désarçonna et je perdis l'équilibre. J'atterris violemment dans la boue. Je me frappai la tête durement. Brianna était sur moi, les mains autour de mon cou. Elle se remit à réciter son incantation, encore plus vite et très fort. Elle y mettait visiblement toute sa conviction et je sentais que, peu importe ce qu'elle était en train de me faire, les conséquences seraient terribles. Ses yeux fous et injectés de sang se révulsèrent. J'avais très peur ! Est-ce que j'allais revoir ma famille ?

Je me sentais mal. Très mal. Malgré le froid ambiant, une chaleur m'envahissait de l'intérieur tel un tourbillon. Je manquais d'air. Brianna me maintenait fermement. Accablée par le feu qui bouillonnait en moi, je me tortillais de douleur dans l'herbe boueuse.

Soudain, la voix de Brianna changea radicalement et s'éteignit. Son sourire cruel s'évanouit brusquement. Ses mains relâchèrent ma gorge. Encore sous le choc, je toussai un bon coup, tentant de reprendre mon souffle. À mon grand soulagement, le brulement ressenti à l'intérieur s'estompa rapidement. Pourquoi Brianna s'était-elle arrêtée ? Je croyais ma dernière heure venue. Soulagée, je roulai sur le côté pour mieux respirer. Après quelques minutes ainsi, je pris appui sur mes bras et me relevai, prête à prendre mes jambes à mon cou sans demander mon reste. Mais j'aperçus Brianna.

Agenouillée, des mèches de cheveux lui collaient au visage sans qu'elle fasse un geste pour les dégager. Affolée, elle regardait dans toutes les directions. Intriguée par son comportement étrange, je me tournai de tous les côtés pour trouver ce qu'elle voyait.

Surprise, je crus apercevoir des ombres menaçantes qui s'approchaient de nous. Cinq. Bien vite, les ombres se transformèrent en silhouettes longilignes couvertes de longues toges noires. Leur tête était recouverte d'un capuchon et on ne distinguait pas leur visage. Un frisson me parcourut l'échine. Leur façon de se déplacer, très gracieusement, comme s'ils flottaient…

Je n'avais aucune idée de qui étaient ces personnages, mais je préférais ne jamais le découvrir. Ils n'avaient rien pour me rassurer. La réaction de Brianna ne faisait qu'amplifier ma méfiance envers les nouveaux venus.

Brianna se releva et porta les mains à la hauteur des épaules, comme si elle se trouvait devant des policiers. Elle implorait le cercle et démontrait sa soumission. Je l'imitai et tout mon corps protesta en m'envoyant des décharges de douleur. Cette bagarre m'avait épuisée. Je pensai : « Si je sors vivante de cette histoire, je jure que je vais sérieusement me mettre en forme. »

Les sinistres ombres nous entouraient maintenant. Il n'y avait aucune issue possible pour nous. Je jetai un coup d'œil à Brianna. Allions-nous devoir nous allier pour affronter cette nouvelle menace ? Levant les mains vers son visage, une des silhouettes descendit son capuchon et découvrit son visage.

Bien que la pluie dégoulinait sur ses traits, je découvris le visage d'une très belle femme. Son mascara hydrofuge mettait en valeur ses yeux brun pâle iridescents. Elle se tourna vers Brianna.

— Brianna. Tu sais ce qui t'attend, dit-elle simplement.

Le visage de la femme était impassible. Celui de Brianna se décomposa. Je n'y comprenais rien.

— Nous ne donnons pas de troisième chance. Nous t'avons avertie il y a trois ans, au Danemark. Il y a un an, au Mexique. Maintenant, nous nous retrouvons encore.

Des grognements d'assentiment s'élèvent du cercle. Un nouveau frisson d'horreur me secoua.

— Attendez, vous ne comprenez pas ! Émilie, explique-leur ? supplia Brianna, paniquée.

Il était facile de lire la peur incommensurable sur son visage.

— Je n'y comprends rien, moi. Que veux-tu que je leur dise ? Qu'as-tu encore fait Brianna ? Qui sont ces gens ?

La femme se retourna vers moi et me regarda, ou plutôt me dévisagea, pour la première fois.

— Toi aussi, tu es sorcière. Es-tu affiliée à celle-ci ? me questionna-t-elle en désignant du doigt Brianna.

— C'était ma meilleure amie ! Mais je ne suis pas d'accord avec ses décisions. Elle attire le mal autour d'elle. Et elle a ensorcelé ma famille !

— Chut ! me siffla Brianna. Elle me fusilla du regard.

Je n'aimais pas rapporter, mais c'était tout ce que je pouvais faire à cet instant. Peut-être ces ombres m'aideraient-elles à freiner Brianna et à l'empêcher de nuire ?

— Ce n'était qu'un sort temporaire, maitresse. Je n'avais pas l'intention de leur faire de mal, expliqua Brianna, soumise.

Elle se tordait nerveusement les mains et scrutait le sol. Elle paraissait inoffensive. Quelle actrice !

— Assez !

La voix menaçante de la femme résonna dans ma boite crânienne et s'écrasa sur les pierres tombales. Même la pluie semblait avoir peur de son ordre et cessa de tomber à ce moment précis. Enfin.

J'étais tout de même trempée jusqu'aux os et couverte de boue. Je grelotais.

— Tu ne nous laisses plus le choix, maintenant. Nous devons appliquer le code.

— Non ! hurla Brianna en tentant de s'enfuir.

Brianna courrait comme une gazelle affolée, cherchant désespérément une brèche entre les silhouettes. Le cercle se resserra sur nous. La jolie dame tourna son visage vers moi :

— Il est temps pour toi de partir.

Des mains surgirent de sous une toge. Une autre femme, dont je ne pouvais distinguer le visage, m'agrippa et me projeta rapidement hors du cercle. Brianna était seule pour affronter les sorcières, qui la piégeaient. Je courus me réfugier un peu plus loin. Je me cachai derrière une pierre tombale surplombée d'un ange pour observer la scène. Qu'allaient-elles lui faire ?

— Je vous en supplie ! J'ai compris la leçon. Je ne recommencerai plus, implorait Brianna, recroquevillée sur elle-même.

— Inutile de discuter, tu as eu ta chance et tu ne l'as pas prise, trancha la maitresse en replaçant son capuchon.

Brianna pleurait à présent. Elle se balançait d'avant en arrière, comme devenue folle à lier. Les ombres se rassemblèrent pour l'entourer, bras dessus, bras dessous.

— Commençons ! ordonna la jolie dame.

Un murmure intense s'éleva. Les cinq femmes prononçaient à l'unisson une incantation. Elles commencèrent en douceur, puis leur litanie prit de plus en plus de force. Elles répétaient sans cesse les mêmes mots : *Nigrum pythonissam es fundati. Da tuis magicis in natura.* Intriguée, j'observai tout à partir de ma cachette même si on m'avait sommée de quitter les lieux.

Une poudre bleue et délicate commença à se soulever du petit corps en boule de Brianna. Qu'est-ce qu'elles lui faisaient ? Est-ce qu'elles allaient la tuer ?

De plus en plus de poudre s'élevait, créant un épais nuage virevoltant au-dessus et autour d'elles. J'avais peine à les distinguer maintenant à travers ce brouillard.

Le chant changea. Veniat ad me. Veniat ad me. Le nuage bleu prit de la consistance et forma un magnifique tourbillon. J'en avais le souffle coupé. Brianna sanglotait faiblement. Au moins, elle avait la vie sauve.

Le nuage se sépara en cinq sous l'influence des paroles proférées par les cinq femmes. Parfaitement synchronisées, elles se mirent à aspirer par la bouche le nuage bleu.

Ahurie, je les regardai absorber la poudre brillante. J'étais sans mots devant ce spectacle éblouissant et inquiétant. Les sorcières avaient presque terminé de tout avaler à présent.

Quelques résidus bleus continuaient de flotter dans les airs, malgré l'insistance des ombres qui continuaient à aspirer. Le sort ne semblait pas suivre son déroulement habituel.

Un sentiment d'angoisse m'envahit. Est-ce que ma présence causait ce problème ? Avaient-elles découvert ma cachette ? Je m'étranglais de peur et échappais un gargouillis. Inquiète que le bruit les ait alertées, je retenais mon souffle.

En un éclair bleu aveuglant, le reste de la poussière se précipita dans ma bouche. Avec force et violence, elle se fraya un passage jusqu'à mes poumons. J'étouffai. J'étais dégoutée d'avoir ingurgité cette matière qui provenait du corps de Brianna. Est-ce que j'allais développer un cancer ?

Évidemment, les sorcières me repérèrent immédiatement. Elles brisèrent le cercle, laissant Brianna tremblante au sol. Elle semblait défaite, léthargique. Elle pleurait toujours, repliée dans la boue, la tête sur les genoux. Elles devaient en avoir terminé avec Brianna et désormais elles s'intéressaient à moi. Elles voulaient absorber ma poudre bleue. Je tremblais de plus belle.

La jolie dame s'avança vers moi. Elle découvrit son visage :

— Tu aurais dû t'enfuir quand je t'en ai donné l'occasion, me gronda-t-elle.

Est-ce qu'elle allait me torturer, extraire ma substance ? Ça semblait absolument terrible.

— Mais la nature t'a choisie. Aujourd'hui, elle t'a fait le don d'encore plus de pouvoirs.

Elle paraissait songeuse.

— Nous nous rencontrerons à nouveau, conclut-elle en replaçant son capuchon noir.

Elles s'éloignèrent. Tout était terminé. J'étais hors de danger et Brianna aussi.

Je courus la retrouver et lui flattai doucement le dos pour la réconforter.

— Brianna ! Elles sont parties. Ne t'inquiète pas, tout va bien.

Mes mots d'encouragement semblèrent lui redonner la vie. Elle s'anima d'un coup et se releva brusquement en me bousculant.

— Tu ne comprends rien à rien, hurla-t-elle. Espèce de conne ! Elles ont pris ma magie ! Elles me l'ont dérobée ! Je ne suis plus rien maintenant !

De lourdes larmes ruisselaient sur son visage. Elle s'enfuit en courant hors du cimetière.

L'adrénaline redescendue, mon corps en entier se rappela à moi. Subitement, une lourdeur indescriptible assaillit tous mes membres et mon esprit. Dans ce brouillard, une pensée salvatrice surgit : Rentre à la maison.

Poussée par mon instinct de survie, je me remis sur pied. Je récupérai les livres trempés de Destinée, délaissés dans une marre de boue gelée, et je retrouvai la baguette magique, à laquelle je tenais malgré son apparente inutilité. Je parcourus ensuite en me trainant les pieds les quelques mètres qui me séparaient de chez moi.

Je poussai avec soulagement la porte de ma maison. Bizarrement, tout était calme. Je ne vis ni mes parents ni ma sœur. Malgré la saleté qui recouvrait mes vêtements, je m'effondrai sur le sofa et m'endormis aussitôt.

CHAPITRE 10

Je me réveillai seulement le lendemain avant-midi. De vilaines ecchymoses recouvraient mon corps et un sérieux mal de dos m'accablait suite à ce sommeil prolongé sur le sofa.

Brusquement, je me remémorai la veille. Où était ma famille ?

Je me levai précipitamment pour faire le tour de la maison. J'allai dans la chambre de Liliane. Elle était profondément endormie, une mèche blonde sur le visage, son ourson préféré entre les bras. Elle avait l'air d'un ange, entortillée dans ses draps. Elle avait toujours eu le sommeil agité. Je replaçai délicatement une mèche de cheveux derrière son oreille.

Apaisée, je me précipitai vers la chambre de mes parents et frappai trois coups secs à la porte.

— Entre, chuchota ma mère, juste assez fort pour que je l'entende.

Mon père dormait toujours. Son souffle régulier évoquait le bruit d'un bateau, ce qui nous faisait toujours rire, ma sœur et moi. Je m'approchais du lit.

— Vous dormez tard, ce matin, murmurai-je à ma mère.

— Je ne sais pas pourquoi, mais je me sens complètement vidée. J'ai appelé au bureau pour aviser que je suis malade et ton père aussi. Tant que Liliane ne sera pas levée, je reste au lit.

Ma famille était revenue à la normale. J'étais tellement contente de revoir ma mère ! Je passai mes bras autour de son cou et poussai un soupir de soulagement.

— Et toi, comment te sens-tu ? Pourquoi es-tu aussi sale ? me questionna-t-elle, soudain inquiète.

J'examinai à la lumière du jour mon accoutrement. J'avais besoin d'une bonne douche et cette paire de jeans irait directement à la poubelle. Dommage ! Elle m'allait bien…

— Tu devras m'expliquer ce qui s'est passé, je me sens vraiment drôle ce matin. Mais pas maintenant, j'ai mal à la tête.

— Je peux prendre congé moi aussi ? De toute façon, j'ai déjà manqué mes deux premiers cours…

Je me sentais tout aussi épuisée.

— J'appellerai l'école pour justifier ton absence, ne t'en fais pas. Aujourd'hui, on passe la journée en famille.

— Super, répondis-je, d'une bonne humeur incomparable malgré mes muscles endoloris. Ce matin, c'est moi qui prépare le déjeuner.

Je sortis de la chambre à pas de loup. Je mélangeai la préparation de crêpes en sifflotant. Quand Liliane se leva, elle vint me sauter dans les bras. J'ébouriffai sa tignasse.

— Super, des crêpes !

— Il y en a pour tout le monde.

— Je veux du sirop d'érable et des bleuets sur les miennes.

Elle sautait autour de l'ilot. Le beurre crépitait dans la poêle et j'y versais la préparation. Mon père et ma mère arrivèrent dans la cuisine en s'étirant. Ils avaient revêtu leur robe de chambre.

— Ça sent bon ici !

Je restai à la maison le jeudi, entourée de ma famille. Le vendredi, tout le monde en profita pour prolonger leur congé. Je bénéficiai donc d'une longue fin de semaine pour me reposer et pour passer du temps en famille. J'avais eu tellement peur pour eux !

Le lundi suivant, j'étais angoissée à l'idée de retourner à l'école et de croiser Brianna. Est-ce que mes amies allaient me demander pourquoi je n'étais pas là jeudi et vendredi passé ? Je ne savais plus quoi inventer pour cacher ma vie clandestine d'apprentie sorcière.

J'ouvris la grande porte vitrée et me dirigeai vers notre table, comme à mon habitude. Estelle, Caroline, Joe, Marianne et Vanessa étaient là. Elles papotaient. Tout me semblait tellement normal ! Ne voyaient-elles pas que le monde venait de basculer ?

Brianna n'était pas là.

— Allo Émilie ! Remise de tes émotions ? me salua Estelle quand je pris place à côté d'elle.

— Quoi ? De quoi tu parles ? répondis-je, paniquée.

Avait-elle entendu parler de mon aventure au cimetière ?

— Ben voyons, tu étais malade, non ?

Ouf !

— Tu es sure que Brianna est partie ? continua-t-elle.

Elle semblait soulagée de son départ et je l'étais encore plus qu'elle. Enfin un potin qui me faisait plaisir à entendre. Je voulais en connaitre tous les détails.

— Introuvable depuis jeudi. Elle n'était pas en cours et personne ne sait où elle est. Seulement, j'ai entendu deux enseignants parler d'elle dans le couloir vendredi. Sa tante et elle ont déménagé ! Comme ça !

Elle claqua des doigts.

— Disparues, comme par magie !

Elle ne croyait pas si bien dire.

Les filles s'entendaient toutes pour dire que c'était mieux ainsi. Elles devaient s'attendre à ce que je les contredise, mais je n'en fis rien. Ce départ précipité était la plus belle chose qui pouvait m'arriver.

Tout redevint normal à la petite école secondaire de Francville. Je n'aurais jamais cru dire ça un jour, mais j'en étais vraiment contente. Je trouvais le bonheur dans les plus petites choses de la vie. J'apprenais à apprécier sous un jour nouveau mes copines, que je connaissais après tout depuis toujours. Elles avaient toujours été là pour moi, bien que nous n'ayons pas tant de points en commun. Aussi bien en profiter au mieux de ces derniers moments avant le départ pour l'université.

Les vacances d'hiver arrivaient à grands pas. Je me plongeai dans mes études afin de bien me préparer pour mes examens de fin d'étape et j'oubliai ainsi Brianna et la magie. J'allais bientôt pouvoir profiter de quelques semaines de congé pour me reposer avec ma famille. J'étais impatiente !

Le dernier jour d'école se termina finalement. En revenant de l'école, je découvris une petite boite de carton sur le pas de la porte. Mon prénom y était inscrit en cursive d'une écriture soignée. Je la pris et la secouai délicatement. Des objets se déplacèrent à l'intérieur. Elle était lourde !

Intriguée, je me précipitai dans ma chambre pour l'ouvrir. J'y découvris un assortiment de choses intrigantes, que j'observais une par une : des livres, des amulettes, des plantes et plusieurs objets hétéroclites qui étaient sans aucun doute reliés à la magie. Une lettre était pliée tout au fond de la boite. Je la dépliai.

Chère Émilie,
J'ai entendu dire que Brianna et sa tante ont quitté la ville. J'imagine qu'elles ne pouvaient supporter l'humiliation que Brianna a subie en étant dépouillée de tous ses pouvoirs par le Cercle...

Avec honte, je réalisai que je ne lui avais même pas téléphoné depuis le départ de Brianna, ni même rapporté ses livres. J'aurais dû au moins l'en aviser et surtout la remercier pour toute l'aide qu'elle m'a apportée. Je m'étais plongée dans mes études en oubliant tout le reste. Honteuse, je poursuivis ma lecture.

J'imagine que maintenant qu'elle ne bouleverse plus ta vie, tu ne souhaites peut-être pas poursuivre ton initiation dans cet univers... Néanmoins, je te fais parvenir certaines babioles qui pourraient bien piquer ta curiosité et t'inciter à vouloir en découvrir plus. Une grande puissance sommeille en toi et je peux t'aider à la débrider. Tu pourrais connaitre une vie remplie d'aventures !
N'oublie pas que je serai là si tu décides de poursuivre ta destinée.
Ton amie,
Destinée Lagrande

Je repliai la lettre. Les vacances de Noël commençaient, j'étais épuisée de toutes les heures passées à réviser et je ne rêvais que de dévorer les délicieux festins des fêtes concoctés par ma parenté.

Pour l'instant, je ne souhaitais que profiter du moment. Pourquoi faire grandir mes pouvoirs magiques ? Je savais que je n'en avais pas besoin pour être heureuse.

Je refermai le couvercle de la boite sur son contenu et la rangeai sur la dernière tablette dans ma garde-robe.

Une photo de Brianna et moi, rayonnantes, glissa sur le sol. Ses yeux pétillaient d'intelligence et sa magnifique cascade de cheveux roux brillait.

Je la saisis, la froissai en une petite boule et la lançai dans la corbeille.

Malgré moi, un long frisson d'effroi me parcourut le dos, à l'idée que Brianna se cachait, quelque part, dans l'ombre, sans que je sache où…

Un mot de l'autrice

J'aimerais te remercier d'avoir acheté mon roman. C'est un plaisir pour moi de raconter des histoires et ton achat m'encourage à poursuivre mon travail créatif.

Pour rester en contact avec moi et suivre tous mes projets artistiques, tu as deux options :

- suis-moi sur Facebook au @JosianeFortinArtiste ou sur TikTok au @josianefortinautrice
- inscris-toi à mon infolettre sur mon site web www.josianefortin.ca.